nunca vi a chuva

Stefano Volp

nunca vi a chuva

1ª edição

— Galera —
RIO DE JANEIRO
2023

CIP-BRASIL. CATALOGAÇÃO NA PUBLICAÇÃO
SINDICATO NACIONAL DOS EDITORES DE LIVROS, RJ

V897n
    Volp, Stefano
        Nunca vi a chuva / Stefano Volp. - 1. ed. - Rio de Janeiro : Galera Record, 2023.

        ISBN 978-65-5981-251-6

        1. Ficção brasileira. I. Título.

23-83102
                CDD: 869.3
                CDU: 82-3(81)

Gabriela Faray Ferreira Lopes - Bibliotecária - CRB-7/6643

Copyright © 2023 by Stefano Volp

Todos os direitos reservados.
Proibida a reprodução, no todo ou em parte, através de quaisquer meios.
Os direitos morais do autor foram assegurados.

Texto revisado segundo o Acordo Ortográfico da Língua Portuguesa de 1990.

Direitos exclusivos de publicação em língua portuguesa somente para o Brasil adquiridos pela
EDITORA GALERA RECORD LTDA.
Rua Argentina, 120 – Rio de Janeiro, RJ - 20921-380 - Tel.: (21) 2585-2000,
que se reserva a propriedade literária desta tradução.

Impresso no Brasil

ISBN 978-65-5981-251-6

Seja um leitor preferencial Record.
Cadastre-se e receba informações sobre nossos lançamentos e nossas promoções.

Atendimento e venda direta ao leitor:
sac@record.com.br

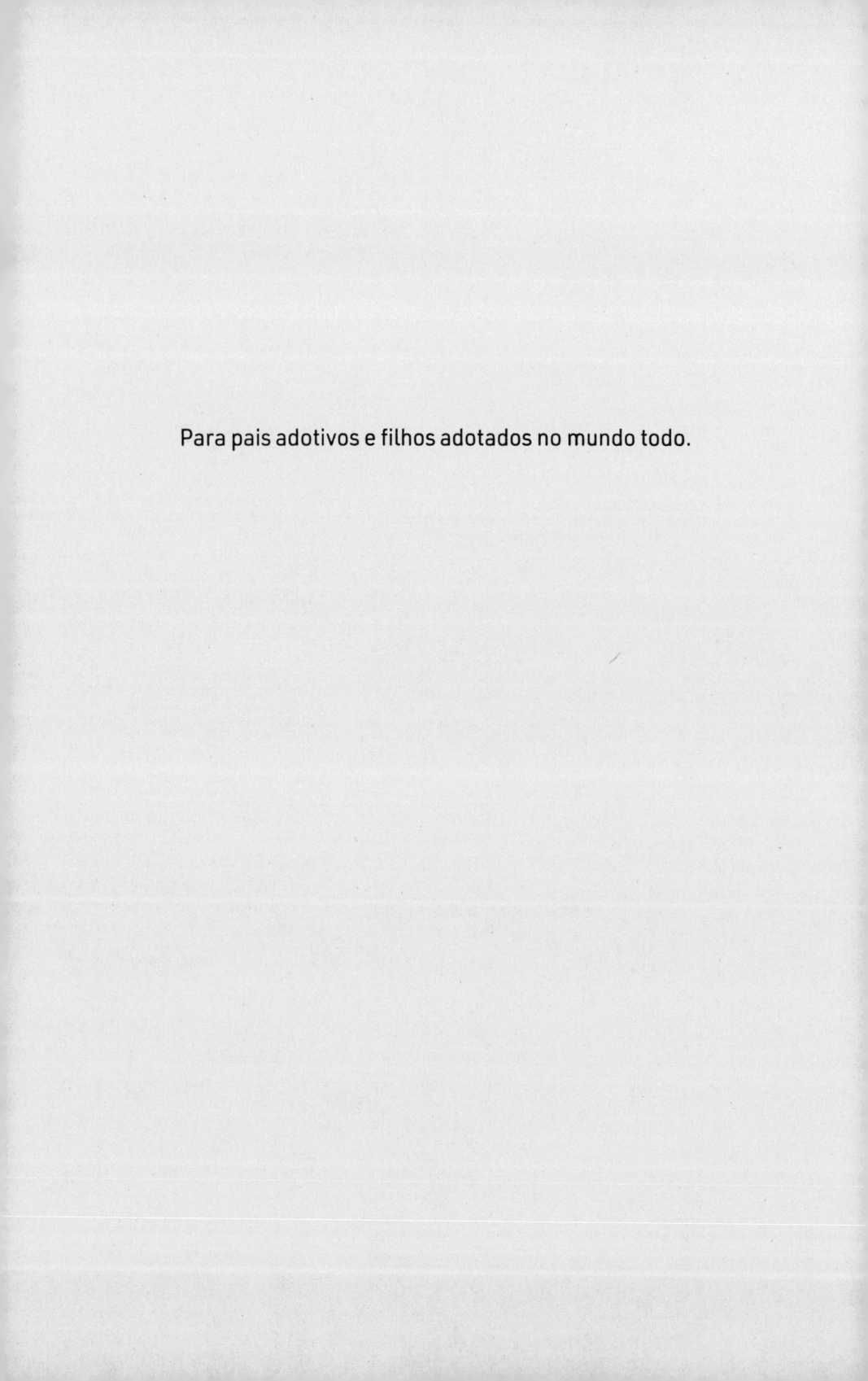

Para pais adotivos e filhos adotados no mundo todo.

30 de novembro

Oi.
Estamos no inverno aqui em Portugal. Bom, você sabe disso.

Enquanto escrevo em você, me pego olhando para o meu pulso direito. As cicatrizes ainda estão aqui. Todas elas. Algumas mais profundas do que as outras. Riscam minha pele negra e não me deixam esquecer das vezes em que eu desejei sangrar até a morte.

Tenho 19 anos e isso aconteceu quatro vezes. Quando meus pais finalmente descobriram, há uns três meses, fui obrigado a visitar uma psicóloga. Isso não me deixa orgulhoso.

Você precisa saber quem eu sou. Porque não estou escrevendo em você pelo simples prazer de escrever em um diário. Na verdade, sendo bem sincero, é a primeira vez que escrevo em um. Apesar de curtir escrever e sempre achar que isso me torna diferente dos outros, estou fazendo isso por obrigação.

Faz mais ou menos um mês desde que minha psicóloga pediu que eu começasse a escrever sobre mim mesmo. Preferia que ela fosse uma loira gostosa usando uma blusa decotada e uma saia sexy, mas ela provavelmente tem idade para ser minha avó. Nossa última sessão do ano foi na semana passada, já que todos farão uma pausa para o mês do Natal. E, bem, ela conseguiu me convencer de que, sim, eu tenho grande dificuldade de me abrir com as pessoas. E comigo mesmo.

Talvez por isso eu não esteja vendo tanta vantagem nessas sessões. Isso não quer dizer que eu fico mudo quando deito no divã. Pelo contrário. Entupo os ouvidos da dra. Paloma com o máximo das minhas recordações. Ainda assim ela continua dizendo que, se eu continuar armado e não me abrir de verdade, nunca vou encontrar as respostas necessárias para viver em paz.

Estou em guerra comigo mesmo? Não sei dizer.

Sinto falta do Rio, mas não das pessoas. Não sou de ter muitas amizades. Quando me mudei para Portugal, achei que as coisas seriam diferentes, mas continuo sentindo um vazio inexplicável. Sempre tenho pessoas por perto. Elas não sabem muita coisa sobre mim. Poucas sabem.

Talvez a dra. Paloma tenha razão. Suzi me diz coisas parecidas.

Não faz nem dois meses desde que aconteceu o nosso momento mais épico. A primeira vez que eu fui romântico de verdade, ou fiz algo digno de ser filmado.

Na cabeça dela, eu andava calado e desmotivado porque queria terminar o namoro. Quando isso não tinha nada a ver, porque era eu quem achava ela fria demais. Suzi vem aqui pra casa com frequência e a gente fica vendo filme no quarto sem falar nada. Às vezes, ela vai embora muito chateada, porque eu não sou capaz de puxar assunto e, na opinião, dela isso torna a noite entediante. Mas eu discordo, porque gosto do silêncio e da companhia dela. Eu também nunca fui de falar muito. Então, está tudo bem. A gente já se separou algumas vezes pelos mesmos motivos já que é a coisa que ela mais reclama sobre mim.

— Você quer dar um tempo pra ficar com outras garotas, Lucas?

Ela é a única pessoa que eu conheço aqui em Portugal com um sotaque paulista. Gosto de ouvir até quando ela fala coisas sem noção.

— Não sei... Eu não falei que queria dar um tempo. Você quer pegar outros caras?

— Para de ser ridículo — briga ela cruzando os braços, olhando nos meus olhos, apoiando o peso do corpo sobre um pé, em frente ao portão da minha casa. O céu estava claro e ressaltava o brilho daqueles olhos cor de mel. Ela só tinha ido até ali pra brigar comigo. — É só que você parece tão distante que...

— Lá vai você começar com isso tudo de novo. Parece que não me conhece.

— Lucas, você praticamente nem ri mais quando está comigo.

— Ah, qual é? Na verdade, eu não rio nunca.

— Você riu agora.

— Não, eu mostrei os dentes — brinquei em tom sério.

— Lucas, eu tô falando sério. Você gosta de mim o suficiente? — quis saber ela, ficando linda até quando franzia a testa. — Porque se a resposta for "não", eu vou entender. Eu só quero que você tenha o seu espaço, entende? Eu também preciso dos meus momentos. Mas eu gosto de você e não quero que entenda de outra forma.

E blá-blá-blá.

Na verdade, não consigo reproduzir as falas aqui como elas realmente são. A Suzi falou muito, muito mais. Por que algumas mulheres falam como metralhadoras ambulantes? E ela não fazia ideia de que, pela primeira vez na vida, eu tinha bancado o romântico.

Com ela ainda falando pelos cotovelos, enfiei a mão no bolso da bermuda e puxei duas alianças finas e prateadas, reluzindo à luz do sol.

Tive vontade de sorrir quando a voz dela desapareceu deixando a boca na mesma posição da fala.

— Não quero ir a lugar algum sem você, Suzi. Anel de compromisso?

Viu? Acho que estou melhorando.

Suzi é a primeira pessoa com quem eu fico por tanto tempo.

Talvez possamos aproveitar as férias da faculdade para fazer algo legal. Quem sabe uma viagem juntos, se minha mãe não encher o saco.

Vou continuar escrevendo.

Eu prometo.

Até logo.

3 de dezembro

Oi.
Eu não quero te assustar logo de início, mas preciso contar que aconteceu de novo. Há algumas horas eu tentei me matar. Isso vai ser difícil de explicar, mas a verdade é que não era bem como se eu quisesse tirar a minha vida, eu só queria fazer a angústia parar.

Não posso dizer que a sensação foi assustadora como das outras vezes. Ainda ouço a música de adeus em meus ouvidos, provocando em mim um arrepio gelado. Foi tentadora e envolvente. De pé no parapeito do prédio mais alto que consegui encontrar, eu realmente me senti a alguns metros do fim da vida. A lua resolvendo projetar um clarão sobre a minha cabeça. Os rugidos das motos e carros lá embaixo. O vento sussurrava coisas e ameaçava me arremessar a qualquer minuto.

Desculpe te contar isso, mas ainda não tenho motivos para querer continuar. Preciso ser sincero comigo mesmo e com você. E... cara, eu também não levo o menor jeito pra falar de mim na porcaria de um diário, ou seja lá o que você for.

Ontem era sexta-feira e eu esperava dormir até o mundo acabar. Mas a Lucinha me acordou. Invadiu meu quarto, como de costume. O mesmo copo de leite na mesma bandeja de porcelana, como se eu ainda fosse o Luquinhas de sete anos de idade.

— Levanta, Lucas. Já está tarde. Cê vai ficar mal-acostumado, rapaz. E quando voltar pro colégio, não vai conseguir acordar cedo nem por um decreto — foi dizendo ela, abrindo as cortinas com um único movimento dos braços. O barulho era de um trem descarrilando.

A claridade irrompeu pelo quarto me obrigando a fechar os olhos com mais força e franzir o rosto. Que ódio. Se fosse outra pessoa, teria sido enxotada dali com uma sequência de palavrões. Menos a Lucinha. Ela é minha família. Com certeza me conhece mais do que meus próprios pais.

— Primeiro, não é colégio, é faculdade — resmunguei, rolando na cama. — Segundo, eu não acordo cedo quando o ano está acabando.

— Anda, moleque. Dezembro acabou de chegar. Toma o leite, veste alguma coisa decente e desce. — Lucinha sempre anda pelo quarto pra lá e pra cá. Arrumando tudo por onde passa, ela caminha me dando ordens. Eu nunca sei de fato porque ela se mexe tanto.

— O que tem de especial hoje?

Daquela vez, minha pergunta rotineira ganhou uma resposta diferente. Ela andou até a cama, afagou meus cabelos e deu um tapa na minha bunda.

— Seus pais estão te esperando lá embaixo. Parece que têm uma novidade pra você.

Eu devia ter passado mais tempo na cama. Ou talvez nunca ter descido. Podia ter me jogado dali mesmo. Isso me pouparia de tudo o que eu fui obrigado a enfrentar nas últimas horas.

Hesitei no meio da escada ao perceber as duas estátuas imóveis sobre o sofá: meus pais. Na sala, sentavam-se lado a lado, unidos pelas mãos. Odeio esse drama que minha mãe faz pra tudo. Será que ela nunca se cansa de assumir esse papel?

Olhei ao redor notando a arrumação ainda mais impecável, se é que isso fosse possível. Nossa sala de estar é como um retrato de revista. Por que minha mãe enrolou os cabelos com uma fita azul no alto da cabeça? Por que os dois estavam vestidos de branco? E um alto POR QUE meu pai vestia um terno? A princípio imaginei ter esquecido a data de algum casamento matutino, e não precisei de muito tempo para me ver como o novo integrante da peça teatral. Estava óbvio que minha mãe o forçou a se enfiar no terno. Ela adora achar que as pessoas precisam fazer tudo o que ela quer quando quer.

Me aproximei como se tivesse medo de ser infectado pela doença do drama. Imaginei se Lucinha estava atrás de alguma das paredes acompanhando a cena com um copo colado no ouvido.

—Vem, Lucas. Temos uma novidade — disse minha mãe, estendendo um dos braços e me indicando o segundo sofá de frente para eles.

—Ok. Estou percebendo — murmurei, de mau humor. Não estou para brincadeiras há semanas.

— Por que você está de terno? — instiguei meu pai, erguendo as sobrancelhas, sem acreditar. Minha voz soava tão monótona quanto a própria preguiça encarnada. — De terno branco.

Ele deu de ombros e indicou minha mãe com o olhar. Sempre acho engraçado quando meu pai faz esse gesto, mas daquela vez, eu não quis rir. Alguma coisa me incomodava mais do que o normal. Talvez olhar para as mãos deles agarradas uma à outra com força. Ou o sorriso falso e temeroso que minha mãe dava.

—Se ninguém falar logo o que tá acontecendo, eu vou voltar a dormir.

—Calma... Estávamos decidindo como contar — disse ela, trocando um olhar com meu pai como se precisasse reunir forças para prosseguir. — Esperamos que a casa fique cheia de alegria e... É um novo tempo. Uma nova estação.

— Mãe, sem teatro. Por que você nunca consegue ser direta?

Mas ela não parou de forçar aquele sorriso guardado para os momentos detestáveis. A expressão forçada sempre me faz coçar nervosamente a cabeça e o pescoço.

— Filho, estamos... — meu pai tentou, mas tomou, de imediato, um tapão na perna.

— Eu disse que *eu* falo. *Eu* vou dizer! — insistiu minha mãe. E num último suspiro demorado, sorriu e jogou a bomba: — Estou grávida. Vamos ter um novo integrante na família.

Olhei para a barriga dela e, pelo amor de Deus, tinha um bebê ali? Lembrando bem, cara, realmente parecia que tinha. Será que ela enfiou espuma para aumentar e me impressionar? Sinceramente, não sei... vindo dela, posso esperar qualquer coisa.

Entendo se você me julgar como um idiota e infantil, mas eu não sei o que deu em mim. Ninguém nunca me preparou para um troço desses. Vi meu mundo rodar. Enquanto encarava meus pais, inexpressivo, um trem de interrogações passava a todo o vapor pelos trilhos da minha mente.

Meus pais me adotaram porque minha mãe é estéril. Bom, até onde eu sabia. E como é que agora ela...? Putz. Só consegui balançar a cabeça, mexer os ombros e enrolar os dedos um no outro sem achar o que dizer.

— Estávamos procurando a melhor forma de te contar — ela explicou com um sorriso medroso e meio que obrigou meu pai a alisar a barriga de grávida, conduzindo a mão dele. — É um menino.

— Como vocês sabem? — perguntei, desconfiado.

— É que já tem um tempo.

— Quanto tempo?

— Seis meses — ela engoliu em seco.

— Seis meses? — senti a garganta fechar. Eu mal conseguia falar. Tudo em mim parecia travado. — Pô, por que não me contaram?

— Porque...

— Vocês nunca me contam nada. Eu não sou parte da família?

— Lucas... — tentou meu pai, mas minha voz já se elevava.

— Porque eu sou *sempre* o último a saber das coisas. Aposto que o mundo inteiro já sabe. Esse país inteiro já deve saber disso. Não, até o pessoal no Brasil deve saber.

— Querido, se você passasse mais tempo por perto, teria, pelo menos, percebido minha barriga.

— É claro. A culpa é minha. — Levantei. Chega de cena.

— Filho — insistiu minha mãe, com a voz nervosa. — Calma, senta. Por favor. Tudo vai ficar bem... melhor.

Uma pausa longa dividiu nossas falas. Procurei a verdade nos olhos dela, na barriga estufada, na cara passiva do meu pai.

— Não acredito em você — repliquei com calma, olhando-a, com dificuldade para aceitar a realidade da última notícia. — Você dizia que nunca teria um filho porque é estéril. E eu sou *tão importante* que só fui saber agora. Droga. *Eu* sou seu filho! Mas parece que a verdade é que eu realmente tô sobrando nessa família. — A última palavra foi acompanhada por aspas com os dedos.

O silêncio se instalou pela casa junto com uma nuvem cinza se condensando bem no meio da sala. Uma nuvem espessa. Cheia de tempestade das brabas.

Dei as costas para os dois e para aquela cena idiota. Adeus para Lucinha que devia estar chorando atrás de algo. Subi as escadas ignorando a voz do meu pai gritando meu nome com insistência. Me tranquei no quarto para nunca mais sair.

Ignorei as batidas na porta e as chamadas no celular. Não tô lembrado de como o dia se arrastou, só é impossível esquecer que eu avisei ao Pedro e a Suzi que não havia chance de eu ir para a festa do Alvarenga com uma dor de barriga daquelas. Inventei isso porque eu não queria ouvir nada, nem dar explicações, mesmo sendo o meu melhor amigo e a minha namorada.

Cara, eu tô muito ferrado por achar que posso confiar em alguém.

No final do dia, decidi sair do quarto e me arrumar para a bendita festa. Eu precisava de qualquer coisa que me libertasse da sensação de estar fazendo uma tempestade em um copo de água. Beber, fumar um baseado, ouvir música alta, passar um tempo beijando a Suzi...

Suzi e eu nos conhecemos há quase cinco anos. Faziam uns seis meses desde que eu tinha chegado a Portugal e eu ainda não tinha ficado com nenhuma garota. Nunca quis que meus pais deixassem o Rio, mas o emprego da minha mãe tem essas coisas.

Quando você dá sorte de ter sido adotado por uma família muito rica, mora em uma casa bem maneira, vai pra escola de motorista e essas coisas; bem, é fácil se enturmar e chamar a atenção das garotas.

Sempre achei a Suzi diferente. Tem dias que eu anseio por horas somente para voltar a deslizar as mãos pelo corpo dela. Os cabelos pretos e lisos, o perfume adocicado e o jeito como ela me olha nos olhos. Diz tudo. Traz uma estranha segurança.

Passei longe do carro do meu pai e decidi sair de moto. Liguei para o Pedro umas mil vezes, mas ele não atendeu. Dirigi sem parar de pensar que talvez ele pudesse dizer alguma coisa sobre como é ter um irmão, já que ele tinha dois e os três se dão bem.

Mas, cara, eu tomei o golpe seco assim que estacionei a moto nos fundos da casa do Alvarenga. Antes que alguém me visse. Antes de me oferecerem alguma bebida. Antes que eu discernisse o rap que tocava alto, pronto para atrair a polícia.

Ninguém me contou, meu amigo. Eu mesmo vi. Os dois se pegando na parede de tijolos. A forma com que ele agarrava a bunda dela. O corpo dela amolecido enquanto o beijava insistentemente.

A Suzi.

E o Pedro. O meu amigo mais próximo.

Como eles puderam fazer isso? Que porra era aquela? Será que eu não significo nada pra ninguém?

Nem sei descrever o que ainda estou sentindo. Lembrar disso me faz procurar na mente o que eu fiz de errado para receber essas coisas em troca. Estou me perguntando por que motivo eu não aproveitei para quebrar a cara do Pedro, para perguntar a Suzi se aquilo era alguma espécie de vingança pessoal por alguma coisa que eu fiz. E... putz... estou muito ferrado.

Ninguém sabe o que estou sentindo, de fato.

Também não consigo fazer você entender o porquê da vontade tão sedutora de cortar os pulsos para sentir alguma coisa ou talvez de me enfiar debaixo de um carro. Porque elas tinham voltado com ainda mais força. Todas elas. As vozes que gritavam para mim as verdades silenciadas pelas pessoas. Sobre o quanto é simples e evidente o fato de que eu não sirvo para nada nem para ninguém. Não tenho utilidade no mundo. Em breve, meus pais terão um filho de verdade. E, sem mim, todos ficarão bem. Ninguém sentiria minha falta.

Meu reflexo no espelho pouco conhece sobre sorrisos. Mas quando a quantidade de desgraça para um único dia faz cair a ficha sobre o tamanho de bosta que você é, fica mais fácil sorrir.

Foi o que eu fiz. Um sorriso tão amargo que não deveria ser chamado de sorriso.

Saí logo dali e dirigi com a mente vazia. Nem sei dizer pra onde fui. O rugido da moto enchia meus ouvidos e eu só queria poder gritar mais alto. Nunca senti minha alma tão vazia. Tão inútil. Sem pertencer a ninguém.

Ainda me sinto inútil. Eu sabia muito bem que minha vida não tinha sentido quando invadi o primeiro e mais alto prédio onde fixei os olhos. Troquei os elevadores pelas escadas. Cada degrau parecia me empurrar para cima, como se o mundo inteiro cooperasse para o meu fim.

Não havia nada dentro de mim. Simplesmente um vazio. Um vazio me conduziu até o terraço e me fez ignorar todas as luzes da cidade.

Lá de cima, a morte pareceu sedutora. Pareceu uma grande amiga que me ajudaria a fazer com que todos os sofrimentos tivessem um fim. Não seria a primeira vez que eu tentaria me aproximar dela.

Dessa vez, eu chegaria mais perto. Ninguém se importaria em tentar me impedir enquanto eu abria os braços, tomando a coragem derradeira.

Entupi minha mente repetindo que meus pais adotivos ficariam bem. Lucinha vai esquecer de mim quando o bebê chegar.

Eu estava pronto para me atirar quando um bipe tocou alto acompanhado da vibração no bolso da minha calça. Ainda olhei para os lados ouvindo o gelo se quebrar, envergonhado pela incapacidade de me matar direito.

Que merda de suicida sou eu? Será que o tipo que deixa o iPhone no bolso realmente quer morrer?

Bom, eu não sei. Não foi proposital.

Pensando em talvez ouvir alguma coisa capaz de valer a pena, atendi a porcaria do celular imaginando quem estaria por trás do número restrito.

— Olhe esse vídeo antes de morrer.

Foi o que disse a voz no celular. Não me pergunte o porquê das coisas, diário. Eu ainda estou tentando entender como foi que eu não tive um ataque cardíaco com toda aquela velocidade do meu coração se agitando no peito. Já era madrugada. Essa foi a pior forma pela qual eu já comecei um sábado na vida.

Morrer? Como assim, morrer? Um arrepio percorreu minha espinha. Um pressentimento esquisito. Olhei de novo para os lados, ainda equilibrado no parapeito. Quem quer que ousasse brincar comigo, num momento como aquele, pagaria caro.

A conta ainda não chegou para a pessoa porque eu ainda não descobri quem foi. Tudo o que sei é que recebi uma mensagem de um número restrito naquele mesmo segundo. Um link.

Pulei de volta para o piso, desconfiado. Respirei fundo, antes de clicar. Continuei checando os lados enquanto o app do YouTube carregava. E, cara, de repente, eu estava na tela. Cantando.

Parei de respirar, intrigado. Uma versão simpática de mim começou a cantar num vídeo em um mundo onde as pessoas gravam vídeos usando óculos de sol dentro de casa.

Putz, esses óculos ainda por cima são muito cafonas. Mas a voz é a minha, numa versão mais bonita. Quando foi que eu deixei meu cabelo raspado daquele jeito? O quanto de maconha eu fumei para não me lembrar que, alguma vez na vida, gravei algo tão bizarro?

Minha cabeça ainda está confusa demais. Com óculos de sol, fica mais difícil perceber. Mesmo assim, ou aquele sou eu ou é alguém absolutamente parecido comigo. Estou pensando nisso até agora. E foi por isso que comecei a escrever hoje. Sabe aquela impressão de que uma parada nova acabou de se iniciar?

Pensando bem, cara, alguém me puxou para a vida.

Não consigo parar de repetir a música que meu dublê cantava no vídeo com um sorriso abobado: "Tenta não se acostumar, eu volto já. Me espera."

Você pode até achar que eu estou exagerando e que tudo isso não passa de um monte de baboseira de um moleque mimado e sem um propósito na vida. Acontece que não foi você quem, há algum tempo, ouviu seus pais conversarem no quarto sobre o diagnóstico terrível que sua tia, aquela que ninguém menciona, também tinha e que agora, mais do que nunca, eles estão certos de que você também o carrega feito um parasita em sua mente.

4 de dezembro

Não sei se quando as pessoas escrevem em um diário acabam tratando-o como uma pessoa de verdade. Elas escrevem sobre elas para elas mesmas. Putz. Isso não faz o menor sentido para mim e eu acho que minha psicóloga concordaria. Você é alguém. Talvez você seja meu novo parceiro. Ou talvez você só seja eu mesmo. Sei lá. Não vou apagar o que escrevo.

Hoje é domingo. Tem um monte de coisa idiota passando pela minha cabeça. Às vezes parece que meu cérebro vai se estilhaçar. Como é possível pensar em tantas coisas ao mesmo tempo?

Acordei deitado numa cama de lençóis e travesseiros brancos que não são meus. O quarto tinha cheiro de limpo, mas não era o aroma que a Lucinha costuma deixar na casa.

Não precisei de muito tempo para entender. Depois da pior madrugada da minha vida, eu tinha ido dormir num hotel. As duas garrafas de vinho espalhadas pelo carpete explicavam o peso mortal do meu corpo. Ressaca de vinho é a pior de todas.

Levantei depois de duas horas acordado, morrendo de fome. Me arrastei até o banheiro sem a menor noção de em qual hotel eu tinha ido parar. No caminho para o vaso, esbarrei com uma ponta de baseado muito malfeita. Ainda tinha coisa errada espalhada na pia. Não sei como consegui tudo aquilo sem ir pra festa alguma. Se fui, não me lembro. Já passou da hora de excluir certos contatos do meu celular. Aliás, nele havia pelo menos um milhão de chamadas não atendidas. Dos meus pais. E, sim, do Pedro e da Suzi. Puta que pariu.

Isso me faz lembrar do anel de compromisso. Ainda estava ali como recordação da porcaria do tempo que a gente viveu. Arranquei-o do meu dedo, deixando-o rolar pelo carpete.

O babaca do Pedro passou a mão na bunda da minha namorada e beijou ela de língua. Cara, eu não sabia que essa merda doeria tanto. Um chifre no meio da testa.

Enquanto minha cabeça girava com os pensamentos se sobrepondo uns aos outros, uma coisa, nítida o suficiente, ecoava: "Tenta não se acostumar, eu volto já. Me espera."

Que porra de música é essa? Mal conseguia lembrar de onde ela vinha. Parecia ser de um cantor brasileiro, pelo sotaque gravado na minha cabeça. Às vezes eu tenho uma ótima memória.

Vomitei, vesti a roupa de ontem, deitei um pouco mais, pedi almoço e descobri estar a cinco quilômetros de casa. Voltei de moto. Ressaca fodida.

Assim que estacionei na garagem, Lucinha me viu. Não sei como ela consegue me farejar, mas veio correndo ao meu encontro, espiando por cima dos ombros, aos desesperos.

Sorri de braços abertos, curtindo com a cara dela ao me sentir em casa. Ela sempre provoca esse efeito engraçado em mim.

— Sentiu saudades do seu amor?

— Onde você se meteu, Lucas? Onde? — perguntava, espancando meus braços com uma toalha enrolada. Os olhos marejados e a voz num tom choroso. — Você tem que parar de fazer isso com a tua mãe! Ela ficou doida atrás de você.

— Relaxa, Lucy... ai! Eu não fiz nada de mais — insisti, me protegendo da toalha voadora, tentando sorrir.

Ela desistiu de me bater e fitou meus olhos, mordendo os lábios. Ficou assim por segundos, até me deixar constrangido, e sem conseguir olhá-la por muito tempo. Odeio quando ela faz isso, arranca informações de dentro de mim sem a minha autorização. E então, Lucinha começou a chorar, quebrando meu coração.

— Bafo de cachaça. Você não tá fazendo tudo aquilo de novo, Lucas. Eu-não-acredito-nisso. Usando coisa que não deve. Você fumou cig...

— Ah, Lucinha... para. Eu não fiz nada do que você está pensando, ok? Vem cá — menti, me aproximando dela e segurando-a pelos ombros. — Tá tudo bem. Ok? Está vendo como eu tô bem?

— Você não tá bem — disse ela, fixando o olhar no meu. — Conheço quando você está bem, agitado, hiperativo, aquele Lucão quer fazer tudo e mais um pouco. Esse não é o mesmo. Você não tá comendo, até emagreceu. Você fica diferente quando se fecha assim.

Fiz que não com a cabeça, afastando aquilo para longe. Eu tenho 19 anos. Sei o que estou fazendo. Lucinha, coitada, não sabe de metade das coisas. Ela devia agradecer a Deus por eu ainda estar ali, vivo.

Chegar em casa foi mais difícil do que eu pensei. Porque minha mãe me esperou sentada no sofá na mesma posição de quando a deixei. Seu olhar de raiva dizia que ela não queria conversar. Que ela não perderia tempo discutindo comigo. E que ela não era idiota.

Apenas subi as escadas e fingi não me sentir abalado. Coloquei meu celular no modo avião e, mais uma vez, não havia ninguém além de mim mesmo. Na verdade, eu e uma playlist bobinha de rock no Spotify incluindo The Runaways, The Rolling Stones e as mais famosas do Red Hot Chilli Peppers, mesclando com Linkin Park e CPM 22. Não está na cara que eu não sou um roqueiro legítimo? Ninguém nem sabe o que eu escuto de verdade. E nem vai saber.

Uma das coisas que me ajudou na adaptação em Portugal é o clima aqui não ser tão diferente do Brasil. Só muda a data das estações. Tá, tudo bem, pode fazer muito frio por aqui, mas não estou mentindo ao dizer que o sol também pode esquentar a ponto de estourar os miolos. Em agosto, é sinistro. Quando isso acontece, eu geralmente vou surfar. Na verdade, vou à praia pra ficar com a Suzi e ver as altas manobras do Pedro na prancha, já que eu não mando muito bem.

Aqui tem muitos campeonatos de surfe e tem uma galera brasileira que sempre aparece. Gosto de falar com gente que mora no Brasil e vem passar alguns dias aqui, porque eles trazem coisas novas, mostram as músicas que estão tocando lá e dão notícias por alto.

Hoje não teve sol e não teve o Pedro. Não teve o desgraçado do Pedro. Não quero pensar sobre ele, nem sobre a Suzi.

Mano, me desculpe por encher você de desgraças. Se eu fosse um cara sensível, eu derramaria lágrimas sobre você.

Às vezes, dentro de mim, acho que eu sou mais sensível do que pareço. Até tenho vontade de chorar, mas as lágrimas não vêm. É como se eu não soubesse mais produzi-las.

Pensar nisso me dá vontade de acender um cigarro. Apenas isso.

Me perdi no que eu ia dizer. Eu estava falando sobre desgraças. E, ah, aconteceu mais uma. Choveu.

Eu odeio a chuva, odeio o barulho insistente e molhado. Detesto me sentir mais depressivo do que de costume, embora eu seja um ótimo ator e mestre na arte de não demonstrar para as pessoas ao meu redor aquilo que estou sentindo. Acabo convencendo a mim mesmo até realmente sangrar.

A desgraça da chuva faz com que eu me sinta ainda mais sozinho. Por isso eu odeio a chuva. Preciso que você me entenda e não me julgue.

Hoje choveu e eu não saí do quarto.

Não atendi às batidas na porta.

Fechei as cortinas. Enchi meus ouvidos com canções antigas do My Chemical Romance.

Deletei do celular os aplicativos de mensagens e redes sociais.

Me empanturrei de Ruffles.

Não satisfeito, comecei a apagar as mensagens da memória do iPhone, quando me deparei com a anônima de ontem. Tudo veio à tona. O cara que se parecia comigo. A música que ele cantava. Os óculos de sol...

Voltei para o link do vídeo no YouTube e assisti, dessa vez no computador. O nome do cara é Rafael Soares e o vídeo tem dois meses.

Ainda não tô acreditando em nossa semelhança física.

Na descrição do vídeo, que mal consegui ler, tamanho o choque, vi o nome da música entoada por ele junto aos dedilhados no violão: "Me espera", de um tal Tiago Iorc.

Não estou sabendo lidar com isso, diário. O queixo do cara é pontudo como o meu. A pele também é escura. A orelha é grande. O cabelo é bem baixo, diferente do meu. Por outro lado, mano, que ridículo, o nariz dele é o *meu* nariz. Putz, aquele nariz é mesmo o meu. Vai se ferrar!

Existe alguém igualzinho a mim no mundo. E, pode ser da minha cabeça, mas estou achando que nossa voz é parecida.

Isso é surreal. Parece que eu fiquei chapado mesmo e, amigo, eu não fumei nada hoje.

Enquanto escutei esse Rafael tocar, abri uma nova aba para visualizar o canal. Há uma média de vinte vídeos. Cada um com o que parecem ser nomes de músicas. Em todas as miniaturas ele está com um óculos de sol diferente. Parece patético.

Digitei o nome dele no Google há menos de quarenta minutos e encontrei o perfil do sujeito no Facebook e no Twitter.

Diário, se é que posso te chamar assim, eu tô neurótico pra caramba. Cara, não sei o que fazer ou o que pensar. Não estou me aguentando de ansiedade, porque preciso mostrar isso para alguém.

O Rafael Soares tem os perfis públicos, mas ele praticamente não posta nada há anos. Ainda consegui ver uma foto ou outra dele. Na de perfil, ele está de terno e com óculos de grau. Parece reunido com amigos, numa espécie de aniversário. E, cara, qualquer pessoa diria que aquele ali sou eu.

Está difícil parar de pensar nisso. Nem a chuva lá fora parou.

O Rafael Soares também tem 19 anos.

Não é só isso.

Esse cara faz aniversário no dia 6 de janeiro, logo depois do Ano-Novo.

Lamento te informar, mas esse é o dia do *meu* aniversário.

6 de dezembro

Oi!
Ontem eu esqueci de escrever. Foi mal.

Rafael me aceitou no Facebook.

Mandei uma mensagem pra ele dizendo: "Oi, você é um perfil fake meu?"

Ele não respondeu, nem visualizou.

Já assisti a todos os vídeos dele no YouTube e ele, sim, canta e toca muito bem. A voz se parece muito com a minha, e eu queria muito mostrar isso pro Pedro. Mas não consigo esquecer o que ele fez.

Falando em mensagens de Facebook, a Suzi me mandou uma. Alguém contou para ela que eu soube do que aconteceu e ela disse que queria conversar pessoalmente.

Só respondi dizendo que não pretendo nem esbarrar com ela. Ah, e usei um palavrão. Não vou escrever aqui para me proteger. Isso pode ser escroto? Pode. Mas ela é isso que eu falei. Ela foi capaz de jogar no lixo tudo o que a gente passou junto. Ela podia ter ficado com qualquer outro cara, mas decidiu ficar logo com o Pedro. Ah, vai se foder.

Eu dei um anelzinho pra ela, mano! Nunca mais vou ser romântico com ninguém. Eu sou um idiota. Um chifrudo imbecil.

Ah, meu pai me deu um sermão besta sem conseguir juntar uma dúzia de palavras combináveis. Minha mãe ainda não está falando comigo. Em outra ocasião, dane-se. A culpa é dela e eu não estaria nem aí. Só que agora ela espera um bebê e parece errado deixá-la mal. Na verdade, a culpa continua sendo dela.

Se ela não vier se desculpar comigo até amanhã, quem sabe eu possa procurá-la no dia seguinte. Tenho certeza de que ela não vai resistir e virá tentar fazer as pazes.

Estou puto. Simplesmente não consigo mover os pés e procurá-la. Mesmo meu pai dizendo que fui grosso e que mulheres em estado de gravidez se tornam ainda mais sensíveis.

Sou um covarde com um chifre no meio da testa. E daí?

Bom, dezembro, a propósito, está um saco. Estudo Engenharia Civil na Universidade Católica Portuguesa, onde sou um péssimo aluno e estou de férias com um saldo negativo: repeti duas matérias. Levo os estudos a sério, mas parece que meu esforço nunca é suficiente. Tenho alguma popularidade entre a turma, mas apesar disso, não dá vontade de retornar no próximo semestre. Vira e mexe algum colega vem aqui me chamar pra sair. Toda hora aparece uma mensagem no Facebook, mas eu não quero deixar o meu quarto nem ver a cara de ninguém. Não estou nem um pouco interessado em falar com a Lucinha. Acho que ainda estou sem graça por ter visto ela chorar por minha causa. As palavras dela ainda ecoam em minha mente e, às vezes, sinto saudades de voltar a ser o Lucão que ela falou.

Mais uma vez, tente não me julgar tão facilmente. Existe algo sobre mim que você precisa entender. Pratique sua empatia. Não desista das pessoas como eu faço.

A verdade é que ninguém no mundo pode ter tanto sono como eu.

Acho que estou entrando em depressão.
Estou indo dormir mais uma vez.
Hoje eu dormi escutando o Rafael Soares no YouTube.
Espero que ele me responda logo no Facebook.
Tchau.

7 de dezembro

E aí, parceiro! Como você está?

É uma pena que você não possa me responder. A cada dia mais sinto que minha psicóloga tinha razão. Contar coisas pra você é como uma terapia. Às vezes, no meio do dia, eu tenho vontade de escrever um lance que acaba de acontecer. Porém, talvez esse momento antes de dormir seja mesmo melhor. Você é um bom amigo.

Estou sentindo uma coisa boa dentro de mim. Vou tentar te explicar o que aconteceu. Mas antes você precisa saber que estou morando numa caverna: meu quarto. Não tenho muita vontade de sair daqui.

Bom, hoje de manhã a Lucinha veio limpar a caverna bem cedo. Ela tem a pele um pouco mais clara do que a minha, um sorriso gigante e o cabelo longo sempre trançado. No fundo, no fundo, Lucinha queria me expulsar. Sei que anda preocupada comigo. Desde o meu nascimento, eu acho.

— Luquinhas? — ela perguntou, com a voz baixa, batendo na porta.

Sorri quando ouvi aquele tom de voz miúdo e constrangido.

— A-há. Parece que alguém anda sem falar comigo há dias e resolveu dar o braço a torcer, não? — Pulei do computador para atendê-la. Tentava descobrir mais sobre o tal do Tiago Iorc.

— Olha só! Alguém está sentindo minha falta. — Sorri ao destrancar a porta.

— Só vim limpar essa bagunça — disse ela, entrando com produtos de limpeza na mão.

Antes que ela esperasse, envolvi meus braços em torno de seu corpo rechonchudo e apertei-a com toda a força. Primeiro ela gritou uns "para, garoto" e "me solta". Mas, no final, acabou sorrindo entre meus beijos e apertões. Esse Lucas eu só consigo ser com ela.

— Só veio limpar nada... você estava com saudades. — Me joguei na cama.

Lucinha fechou a porta e deixou os produtos em qualquer lugar, sentando-se no seu canto preferido do colchão. Sem nem pensar, me arrastei até minha posição fetal favorita, apoiando a cabeça no colo dela, como faço há quase vinte anos.

— Tua mãe tá preocupada com você — foi dizendo, enfiando as mãos milagrosas entre os meus cabelos. Fazia massagem e cafuné como ninguém. — Você tá sendo um rapaz cruel com ela.

— Cruel? Eu? Lucinha, nossa! Dona Marília não é nenhuma criança.

— E nem tu — disse ela, com aquele jeito engraçado de falar. Me dava vontade de rir. — Tu só fica trancado nesse quarto. Não come direito. Não está mais falando com o Pedro, nem tratando teus pais direito. Tudo porque você terminou com aquela menina.

— Como é que você sabe disso? — perguntei, virando a cabeça para o rosto dela. — Não que seja porque eu terminei com a Suzi, mas... é, a gente terminou.

— E o que Pedro tem a ver com isso?

— Ah, deixa pra lá, Lucinha. Você é muito fofoqueira, cara. Cruz-credo!

Lucinha me deu um tapa e logo agitou as coxas, o sinal pra eu me levantar. Obedeci de má vontade.

— Como é que Dona Marília está indo com esse negócio de bebê?

— Esse negócio de bebê, não, garoto — reclamou ela, fazendo cara feia. — Isso é jeito de se falar?

Dei de ombros voltando a me deitar, dessa vez, longe do colo dela.

— Tua mãe tá preocupada, já falei. Não fala com as amigas há um tempo. Também não anda saindo muito. Não vejo uma sacola de compras entrar nessa casa.

— Que bom. Pelo menos alguém economiza dinheiro.

— E tu num tá feliz com o bebê de Dona Marília? — perguntou ela, com um sorriso. — Seu irmãozinho, Lucas.

Eu deveria estar? Não sei. Não tenho certeza se estou feliz com isso. Mas também não tenho raiva. É indiferente pra mim. E algumas vezes, me entristece um pouco. Estou meio que bloqueando a mente para não me afundar nesses pensamentos de bebês, mamadeiras e fraldas.

Preciso estar feliz por que o mundo assim deseja? Meus pais estão escondendo isso de mim há meses. Que se foda essa história de que não sabiam como me contar. É isso o que me chateia. Fica tão fácil pra mim... ver o que vai acontecer em poucos meses. O irmãozinho será o centro de todas as atenções. Minha mãe enfeitará a casa inteira e dará trezentas mil festas. A família do Brasil vai vir pra cá. A paz vai tirar férias. Meu pai vai fumar charuto e beber vinho com meus tios chatos do Rio. Todos bajularão o bebê e me pedirão para sorrir no novo retrato de família. Eu não terei nem Pedro nem Suzi para me salvar.

— Estou muito feliz — disse, seco. — Mas esse assunto já deu.

— Então já posso chamar o Pedro para vir aqui e vocês vão à praia juntos.

— Não! Para de ficar decidindo o que eu vou fazer, cara — resmunguei.

— Mas você anda tão sozinho — disse ela em direção à mesinha do computador. Segundos depois, lá estava ela, xeretando a tela.

— Ué, quem é esse? Parece um ex-namorado da minha filha.

Me virei na cama dando um pulo, assustado. Quando olhei para a tela, era apenas o tal do Tiago Iorc. Foi então que uma ideia atravessou minha cabeça. O que aconteceria se eu mostrasse pra ela um vídeo do Rafael Soares? Qual seria a reação dela? Apostei que ela não daria a menor bola achando que fosse algum truque meu.

— Ô Lucinha. Você sabe o que é YouTube? — perguntei, me arrastando na cama até a mesa do computador.

— Se eu sei o quê?

— YouTube!

— *Iutu*? Ah, sei, Anne Gabrielle já me mostrou isso. Que tem vídeo de receita, de tudo, né?

Fiz que sim com a cabeça, já rindo antes de mostrar a imagem do Rafael para ela.

— Você sabia que eu sei cantar e tocar violão?

— Hã. Eu também. Toco até de olhos fechados.

— É sério, sem brincadeira nenhuma — falei, escondendo o sorriso. — Olha só esse vídeo que eu fiz cantando. É um pouco velho.

Abri a aba do YouTube e iniciei o vídeo onde Rafael cantava uma música de uma dupla chamada Os Arrais. A composição parecia poética demais para mim. Lucinha apertou os olhos como sempre. Torceu a flanela entre os dedos. Levou vários segundos diante da tela. Uma interrogação gigantesca se inflava cada vez mais em sua cabeça. Depois do que pareceu um século, ela me deu um tapa nas costas, ainda contemplativa.

— Que pegadinha ridícula, garoto — disse ela com cara de quem não acredita. — Você nunca cantaria uma coisa tão bonita assim.

Ergui as sobrancelhas, refletindo sobre a sinceridade dela.

— Não tô brincando. Sou eu.

— Tá bem — falou ela, se afastando. — Não sei como você aprontou isso aí. Mas não é você não, palhaço — disse, balançando o indicador pra mim, segura e satisfeita por não ter caído na armadilha. — Não é.

8 de dezembro

E aí?
Não falo com o Pedro há dias. Ele sabe que eu sei o que aconteceu, e desistiu de me ligar. Sinto como se ele tivesse sumido de vez da minha vida. Sem nem dizer adeus. E, pela primeira vez, desejei não ter visto os dois se beijando. Mesmo que eles tivessem, de fato, se beijado. Preferia não saber. Talvez eles continuassem sendo meus amigos. Na verdade, neste momento, estou preferindo que tivesse sido assim.

Por favor, amigo, não comece a me criticar. Insisto. Se você estivesse vivendo essa situação na pele, estaria apto para dizer alguma coisa a respeito das minhas decisões. Aliás, você é a única pessoa com quem eu posso me abrir de verdade. Então vou contar um segredo que talvez você já saiba. Não tenho mais amigos. Às vezes penso que nunca tive, mas esse não é o segredo. O segredo é que talvez eu não goste de me sentir assim. Só que não posso demonstrar.

Estou cansado da falsidade das pessoas, mas não da minha. Não quero saber de festinha nem de ver ninguém. Não sei que porra está acontecendo comigo, mas a única coisa que me salva, por incrível que pareça, é o Rafael. Sim, pelo menos ocupa a minha cabeça. E, sim, brother, sim, o cara me respondeu no Facebook!

"Oi. Desculpe demorar para responder. Será que você não é um fake meu?"

Fiquei olhando para a mensagem, respirando acelerado, inundado por alguma dose de expectativa que eu ainda não sei explicar.

Digitei de volta esperando que ele estivesse on-line.

"Cara, nós somos iguais? Estou me sentindo um idiota ao tc isso."

Dei enter. Cruzei os braços com os olhos grudados na tela. Minha perna direita batucando descontroladamente. Não era possível que eu precisaria esperar por mais uma semana para receber uma resposta.

"Não gosto de Facebook. Você tem Skype?"

Putz. Ele estava on-line! Trocamos Skype e passamos a conversar no chat de lá.

"Tô aqui", ele falou depois que eu aceitei uma conversa sem vídeo e áudio liberados.

"Oi! Cara, eu só te chamei porque a gente é muito parecido e... sei lá", teclei.

"Tá tranquilo. Eu até tava pensando se vc quer mesmo ser meu dublê."

"Vc é ator?"

"Tô zoando."

Sorri com a resposta, pensando rápido no que dizer.

"Pq a gente se parece tanto e faz aniversário no mesmo dia?"

"Sério? Eu ñ acho que a gente se pareça tanto assim."

"Sério? Pô. Como não?"

"Manda uma foto sua."

Será que ele não achava parecido mesmo? Procurei uma foto em minha pasta de imagens com o cabelo menor e enviei. Fiz tudo em menos de um minuto, ávido por uma resposta.

"Pô, nada a ver", ele respondeu.

"Ah, vai se ferrar. Somos muito iguais."

"Eu sou muito mais bonito."

Cocei a cabeça, começando a ficar irritado.

"Tá bom, então. Vlw. Até mais", digitei, cruzando os braços logo após. Não queria deixar de conversar. Eu tinha algumas coisas para dizer, talvez. Que ele cantava bem e tal. Porém, achei ele um cara escroto e, mesmo assim, não consegui fechar a conversa.

"Eu sei que você ñ quer ir embora e nem fechar o chat."

Ergui as sobrancelhas e apoiei a bochecha no punho, o cotovelo cravado sobre a mesa. Pensando no que dizer. Com medo do que pensar. De estar indo longe demais com tudo aquilo. De estar procurando em alguém a falta de um amigo como o Pedro, ou algo do tipo.

Diário, eu sei que parece imbecil, mas tudo o que eu consegui perguntar foi.

"Vc tem amigos?"

Ele demorou para responder.

"Tenho. Você tem?"

"Tenho", menti.

Uma nova pausa.

"Vc tem namorada?", perguntou ele.

"Tenho", menti de novo. "E você?"

"Tenho. Mas eu acho q você mente toda vez que escreve 'tenho'. Então, esse meu 'tenho', é um 'tenho' igual ao seu."

Comecei a rir. Na verdade, cobri o rosto com as mãos, envergonhado, como se ele pudesse me ver. Que cara idiota. Achei engraçado e fazia sentido.

"Tem webcam?", perguntei imaginando se ele ia responder "tenho" e se o "tenho" seria um não.

Ele chamou a conversa de vídeo. Meu coração acelerou um pouco e eu, automaticamente, dei uma arrumada no cabelo com a mão. Verifiquei mentalmente se eu tinha trancado a porta e, quando concluí que sim, aceitei a chamada.

A tela da conversa mudou para a imagem dele.

Uma cópia minha usando óculos escuros e fones de ouvido. E sorrindo. A câmera torta parecia perto demais. Rafael estava num quarto, provavelmente o dele. Não dava para ver muita coisa além da parede amarela no fundo e o sorriso de dentes simétricos.

Ninguém disse nada durante alguns segundos. Conforme o tempo passou, fui me achando um panaca em decadência porque ele estava sorrindo como se alguma coisa tivesse muita graça. Ou talvez porque eu não conseguisse retribuir sorrisos desconhecidos.

— O que você tá ouvindo? — perguntei.

— Você, ué — ele falou.

Balancei a cabeça, irritado. Por que ele estava reagindo como se tudo estivesse normal? Cara, ele tinha acabado de falar com a minha voz. *A minha voz*. Iguais até nisso.

— Ah, tá. Foi mal. Então... você não acha que a gente é igual? Talvez se você tirar alguma vez na vida os óculos de sol — alfinetei.

— Eu não posso saber se a gente é igual se você não vier aqui.

— Ah, valeu. — Sorri com deboche, pronto para fechar a janela do papo. Mas, então, percebi. Cravei os dentes no lábio inferior enquanto as peças faziam sentido em minha cabeça. Os óculos... Não poder me ver...

Rafael não me esperou falar mais nada. Continuou sorrindo. Retirou os óculos e disse.

— Brother, você parece mais cego do que eu!

Meu queixo caiu. Não consegui digitar de tanto constrangimento. A verdade esteve ali a todo o momento.

Um olho dele é fechado. O outro, apesar de escuro e puxado como os meus, tem uma névoa branca e leitosa, bem no meio. As sobrancelhas são, sem sombra de dúvidas, iguais às minhas. Ele até movimenta a pupila para os lados, mas o borrado parecido com algodão não lhe escapa.

Rafael é cego. Mas, pra ser sincero contigo, não foi o seu olho sem vida que me chocou. Minhas pupilas se mexem com perfeição, mas abrir um sorriso como aquele... Não acho que eu seja capaz. Aquele é o sorriso que sempre ficou entalado em minhas feições. E Rafael ofertou isso com a maior facilidade.

Como se ser cego fosse a coisa mais legal do mundo.

9 de dezembro

As coisas aqui em casa não estão nada bem.
Hoje minha mãe proibiu a Lucinha de trazer comida para mim no quarto, me obrigando a descer pra almoçar.

Odeio que me obriguem a fazer as coisas. Mas meu pai foi até o quarto e me mandou descer da forma mais pau-mandada do mundo.

— Sua mãe quer que você desça para almoçar agora. Ninguém vai comer até você descer. Ela não está brincando, Lucas.

Revirei os olhos, deitei no chão e abri o Spotify no celular, enchendo meus ouvidos com "Mistakes Like This", do Prelow. Uma banda pop indie desconhecida, do jeito que eu gosto.

Depois de enrolar propositalmente por meia hora, desci em um conjunto de moletom e me arrastei até a sala de jantar sem falar com ninguém. Sem nem olhar para eles. Jogado em uma das cadeiras, fiquei olhando para a mesa branca de vidro.

A sala de jantar de casa é tão espaçosa que caberia um time inteiro de futebol. Minha mãe é apaixonada por flores roxas, por isso, há um monte delas por todo canto. O cheiro de comida é sempre maravilhoso, porque Lucinha e Dona Helena mandam muito bem na cozinha. Mesmo assim, acho que meu estado depressivo misturado ao meu espírito de chatice me arrancaram a fome.

— Precisamos conversar — falou minha mãe, sentando-se ao meu lado.

— Conversar sobre o quê? — perguntei, olhando para ela pela primeira vez em dias. Minha mãe tinha a pele branca e os traços do rosto bem definidos. A gente realmente não se parece, mas isso nunca diminuiu o que eu sinto por ela.

— Lucas, não precisa disso — disse ela, inclinando a cabeça. — Você não sai desse quarto há dias. Tudo isso por causa de...

— Tudo isso por causa de quê? Hã? Você tá falando do que a Lucinha te contou, né? — indaguei, franzindo a testa. — Mãe, você não sabe nada sobre mim.

— Claro que eu sei.

— Claro que não. Você não sabe — insisti. — Ninguém me conhece de verdade, e tá tudo bem. Posso conviver com isso.

— Você é muito mimadinho, Lucas. Essa rebeldia da adolescência não vai te levar a nada — falou ela, irritada. Balançava o dedo na minha cara. — Você não deixa ninguém entrar na sua mente. Ninguém é obrigado a adivinhar as coisas.

— Mãe, olha só, eu não quero que você se estresse por minha culpa. — Respirei fundo, reunindo toda a calma possível. Ela espera um bebê e, por mais que eu me recuse a olhar para o formato de bola em sua barriga, agora tudo parece inegável. A forma do rosto dela está mais arredondada. A sensação de inchaço fluindo. — Deixa pra lá. Eu posso sorrir mais, não é isso que você quer? Tudo bem, posso fazer isso.

— Não — negou ela, batendo as mãos sobre a mesa. — Eu quero que você *se abra* mais. Isso é tudo para o seu bem, querido. Queremos que você dê mais chances para mim e para o seu pai.

— Sério? — Não tive como não rir desse comentário. — Que engraçado, mãe. Porque você nunca fez questão disso. Sério, eu nem sei por que você me adotou.

— Lucas! Porra! Retira o que você disse — mandou meu pai, levantando-se.

— Deixa ele, Inácio — falou minha mãe, já com os olhos marejados. Se debruçou na mesa, inclinando-se em minha direção e fazendo a maior cara de atriz. — O que foi que eu fiz dessa vez pra merecer isso?

Balancei a cabeça, suspirando, passando as mãos no rosto, irritado. Ela adorava me fazer de vilão. Eu nem sei se você, diário, consegue me entender, mas as coisas não são tão fáceis.

Eu não tenho lembranças de um orfanato ou coisa parecida. Fui adotado quando bebê. Mas talvez, pela diferença no tom da pele, fica sempre óbvio para todo mundo que eu não sou o filho biológico da família. E, sim, às vezes isso soa como um problema.

Muito pior do que isso é que, desde que eu me entendo por gente, minha mãe nunca parava em casa. Marília Almeida, uma arquiteta renomada trabalhando em projetos famosos ao redor do mundo. As viagens sempre foram constantes e duradouras e, por conta disso, cresci acostumado a vê-la uma vez por semana, quando possível. Marília nunca fez muita coisa para aproveitar o único dia comigo. Ela é viciada em dar festas e se reunir com as amigas ricas. E quantas, quantas vezes eu me peguei pensando no real motivo pelo qual ela me adotou.

Já fiz muita coisa pra chamar a atenção. Quedas de skate, drogas e sumiços por semanas. No final das contas, acabei me conformando de que minha vida é assim mesmo. Talvez eu vá terminar igual ao meu pai. Rico, aposentado, dono de uma herança, viciado em jornais, golfe e em não fazer merda nenhuma.

Se eu sou grato por ela ter me dado uma vida fora do orfanato? É óbvio que sim. Se eu já me perguntei se a vida seria melhor se ela tivesse adotado outro garoto em vez de mim? Também é óbvio que sim. Com frequência.

E antes de você confundir as coisas, preciso deixar explícito que isso não quer dizer que eu tenha a menor vontade de conhecer meus pais biológicos.

Brother, quando ela encheu os olhos de lágrimas perguntando o que tinha feito, eu não senti a menor pena. Juro que não havia nada dentro de mim além de indiferença.

— Perdi a fome. E não me obriguem a retornar — foi tudo o que eu disse, dando as costas e voltando ao quarto.

Finalmente, as paredes, minha cama e a mesa do computador me cansaram. Peguei a carteira, as chaves, o macbook e o celular. Me perguntei quanto tempo mais levaria para meu carro sair do conserto. E, sem a menor culpa, peguei a Mercedes do meu pai e dirigi até o Bar do Fundo, um dos meus lugares favoritos na cidade. Não tão feliz, nem triste demais. Das poucas vezes que saí com meu pai, ele costumava me levar até lá, até que acabei gostando e, de vez em quando, indo por conta própria. É o único restaurante que eu conheço com vista para as ondas, erguido sobre pedras na praia.

A maioria dos turistas pede peixes e frutos do mar. Camarões gigantes e siris. Pedi uma Coca e bebi tudo praticamente de uma vez. Minha cabeça ainda reproduzia a cena da cozinha incansáveis vezes, mas eu não conseguia encontrar tanta culpa sob minha pele.

Em poucos minutos, liguei o computador, conectei ao 4G do celular e abri o Skype. Ver a bolinha verde ao lado do avatar do Rafael me tirou um curto sorriso. Mas também me deixou constrangido ao lembrar da última conversa porque eu sou um babaca insensível. Como não percebi que ele é cego?

Antes que eu pudesse pensar por mais tempo, meu sósia me chamou para conversar pela webcam.

Olhei para os lados, agradecendo a Deus por ver o bar mais vazio do que o comum. A brisa do mar me animava. E mesmo assim, eu gostaria de poder pagar para que a loja fosse fechada por algumas horas, só para mim. Isso obviamente não aconteceria, portanto, conectei os fones e me conformei.

— Hello, bro — falei, quando ele apareceu.

Rafael tinha desistido dos óculos de sol. Sua única pupila se movia para direções diferentes, fora da webcam. Notar isso me dava pena mesmo estando desconfortável com esse tipo de sentimento sobre o cara.

— Fala aí, dublê — disse ele, mostrando os dentes cheios de alguma gosma branca.

— Eca. O que você tá comendo?

— Pudim da minha mãe. Quer? — respondeu, enfiando uma colher no copo de sobremesa e levando até a boca sem errar o caminho.

— Não curto pudim — falei, observando cada pedaço da sua expressão de bem-estar. Caramba, não me canso de lembrar o quanto somos parecidos fisicamente.

— Você não sabe o que está perdendo.

— Já está na hora da sobremesa... no Brasil? Perdi a noção do fuso.

— Tecnicamente são quatro horas de diferença. Só que estamos no horário de verão, aí cai para três horas.

— Bem informado.

Rafael sorriu de lado. Os lábios formando meio que um bico torto. Filho da mãe! Aquela era minha expressão de constrangimento. Como isso é possível?

Tive muita vontade de rir ao perceber que podia identificar as reações dele, mas me segurei como sempre, impedindo a maioria das pessoas de conhecer meu lado mais engraçado.

— Então... cara, sobre ontem...

— Não, por favor. Relaxa. Acontece. Todo mundo pensa que a cegueira é um motivo pra se desculpar e blá-blá-blá. Eu acho que eu também pensava o mesmo sobre as pessoas cegas — disse ele, antes de enfiar uma nova colherada na boca.

Observei-o e comecei a enrolar os dedos uns nos outros, nervoso. Ele falava "relaxa" igualzinho a mim.

— Você quer dizer que não nasceu assim?

Ele negou com a cabeça e fez um barulho engraçado com a boca para dizer que não.

— Eu sei como é tudo. Minha cor preferida é o amarelo.

Ergui as sobrancelhas, interessado. Bom, tínhamos mais uma coisa diferente, graças a Deus.

— Você... se importa em dizer como aconteceu?

— Como aconteceu o quê? Cara, eu geralmente fico muito irritado quando começo a falar sobre isso. As pessoas me desprezam só porque eu sou cego e eu não sou obrigado a explicar essa porcaria pra ninguém — disse ele, elevando a voz e, de repente, socando a mesa.

Arregalei os olhos, encolhendo os ombros.

— Ah, foi mal... Eu...

Rafael ficou um tempo parado, respirando com intensidade. Mas, depois, começou a sorrir sozinho e voltou a dar mais colheradas no pudim.

— Acha que sou um bom ator? Adoro me divertir com as reações das pessoas a respeito da minha suposta fragilidade para falar de cegueira.

Continuei parado por um tempo, tentando entender a cena. Relaxei os ombros e ainda não sabia muito o que dizer. Confesso que comecei a considerar qual o percentual de maluquice do cara.

— Mas bem, eu comecei a perder a visão quando era bem criança. Primeiro, o sol me irritava muito. A claridade. Eu tinha dificuldade para ver as coisas com nitidez, sabe... e tudo duplicava. Foi muito rápido.

— E os médicos diagnosticaram o quê?

Rafael suspirou com cansaço.

— Cara, posso dizer que o sistema de saúde do pobre não foi muito favorável comigo... Ninguém conseguia descobrir o que era. Usei quatrocentos óculos de grau, um mais horroroso que o outro. Ninguém descobria o que eu tinha e eu também nunca quis incomodar meus pais com isso. Principalmente depois de... ah, bem, deixa pra lá. Não quero que você me ache um pobre coitado, vai.

— Eu não acho que você seja um — disse eu, com sinceridade de alma. — Acho que você deve ser um cara... bem-educado e tal.

Rafael ficou pensando por um momento, depois sorriu de volta.

— Prepare-se para assistir à melhor cena da sua vida inteira. — E enfiou o máximo que pôde da língua, e da boca inteira, no copo de sobremesa, lambendo todas as raspas do pudim nojento até não sobrar nada.

Fiquei imaginando a cara de pavor desenhada no rosto da minha mãe, caso ela se deparasse com uma cena dessas ao vivo e em cores. Pensando bem, se o Rafael viesse aqui para casa, não seria uma má ideia.

— Ok. Retiro o que disse sobre você ser educado. Faz isso na frente da minha mãe e você é um cara morto — brinquei.

— Quando faço perto da minha, ela fala que eu não aprendi isso em casa. O que é praticamente impossível, já que eu tinha dias de vida quando ela me adotou.

Naquele momento, a voz de Rafael se perdeu entre os muitos ecos descontrolados em meus ouvidos. Cheguei a ficar tonto. *Quando ela me adotou. Adotou? Ele foi adotado? Não mora com os pais biológicos?* Cocei a cabeça, nervoso, e voltei a ouvi-lo perguntar várias vezes o que tinha acontecido.

— Lucas, eu não consigo te ver, nem ouvir sua respiração. Não fique muito tempo sem falar — disse ele.

Tentei sorrir. Dessa vez, constrangido.

— Foi mal. É que... Cara, eu também sou adotado.

Rolou uma nova pausa. Estranha e constrangedora.

— Ha, ha, ha, olha como eu estou rindo da sua piada.

— Não. Não tô brincando *mesmo*.

Rafael ficou em silêncio por mais um tempo. Cruzou os braços e depois coçou a cabeça.

— Você foi registrado no Rio, né? É por isso que você não tem sotaque de Portugal.

— Sim. Mas minha família viaja muito. A gente já morou em São Paulo, Curitiba, Barcelona, em um monte de lugar. É o trabalho da minha mãe.

— Que estranho — disse ele, movendo a cabeça para os lados. — É muita coincidência.

— Você... Acha que...?

Minha garganta travou de tão seca. A garrafa de Coca me encarou, vazia. Engoli em seco, me sentindo extremamente nervoso, preocupado com a nova incapacidade de me controlar.

Ainda há a grande pergunta dentro de mim que não quer calar. A palavra a qual eu não tenho coragem de escrever em você, que dirá dizer para ele. Porque eu posso estar muito enganado. Devo estar com algum problema mental por achar isso. Mas, de qualquer forma, eu não consegui continuar.

A conexão dele caiu e não voltou em minutos.

Ele me deixou ali, engasgado com a palavra que eu não tenho coragem de mencionar para você, abismado com as ondas do mar agitadas à distância, engasgado com a quantidade de interrogações que se expandiam pela cafeteria, espantado porque, de repente, não havia uma coisa sequer no mundo que eu quisesse mais do que continuar falando com ele.

9 de dezembro

Boa noite, amigo.
Faz uma semana desde que eu decidi me jogar do alto de um prédio.

Ainda bem que não aconteceu, senão eu não teria conhecido o Rafael.

Com todos os amigos bloqueados, fica mais fácil me concentrar para conversar com a única pessoa que está valendo a pena nas redes sociais: o meu sósia.

Ele colocou no YouTube um vídeo novo cantando uma música do Jason Mraz.

But I won't hesitate
No more, no more
This is our fate, I'm yours
There's no need to complicate
Our time is short
It cannot wait, I'm yours

Ainda me impressiono com a facilidade dele pra tocar violão. Caramba, eu não conseguiria fazer metade daquilo e, tipo, ele nem pode enxergar as cordas.

Vou confessar: fico bastante incomodado com o fato de saber que ele não nasceu cego. Ele diz que não, mas isso é muito triste. Aposto que ele só tenta esconder isso das pessoas. Não consigo imaginar minha vida sem meus olhos funcionando com perfeição.

Hoje tentei fazer algumas coisas no meu quarto de olhos fechados. Ir até a janela, andar até a cama, trocar de roupa. Que merda. Chega a ser patético. Mano, é impossível viver sem enxergar. Ponto final.

— Não é assim que funciona, idiota — disse o Rafael entre tantas gargalhadas que quase caiu da cadeira. Ele ficou on-line cedo. Parecia estar numa cabine privada em um cybercafé ou algo assim. — Não é simplesmente fechar os olhos e parar de ver. É começar a sentir as coisas ao redor.

— Ô ceguinho, fala mais baixo aí, cara. Tu não tá em casa, não! — brigou a voz irritada de uma garota provavelmente ao lado de Rafa. E, depois, continuou: — Em cima, em cima! Atira! ATIRA!

— Parece muito difícil — confessei, achando "ceguinho" engraçado. — Escuta, preciso colocar uma música enquanto conversamos, pra ficar mais difícil da Lucinha entender nossa conversa. Ela me espiona.

— Tá bom, mas não coloca muito alto pra eu te ouvir bem. Aqui geral adora atirar, gritar, essas coisas...

— Relaxa. Ah, nossos gostos musicais são diferentes. Eu ouço música boa e você ouve música de menina.

— Opa! Peraí. Eu ouço o que é legal de tocar no violão.

— Pra pegar mulher.

— Quem me dera — disse ele com o tom de voz mais baixo, dando de ombros. Agora analiso todas as reações dele e as comparo com as minhas. Estou muito cismado mesmo.

— Foi por isso que você perguntou se eu tinha namorada? — perguntei. — Tá encalhado?

— Encalhado é um termo tecnicamente não aplicável. Mas, bem... digamos que eu não faço muito sucesso com as garotas, cara — confessou ele, sorrindo. Mexeu as sobrancelhas pra cima e para baixo, divertido. — Talvez eu não tenha olhos sedutores o suficiente.

Sorri do meu jeito, o que significa, curvando o lábio sem mostrar os dentes ou muita animação.

— Você devia deixar o cabelo crescer e fazer um corte legal igual ao meu. Vai pegar muita mulher.

— Você pega? — perguntou ele num tom mais baixo, interessado.

Eu quis dizer que sim, mas fiquei pensando sobre como poderia ser para ele ouvir isso. Porque, cara, nós somos muito parecidos. Minha resposta poderia alimentar nele uma inferioridade relacionada à cegueira.

Enquanto eu fazia um som estranho com a boca, fiquei pensando sobre mim. Nunca traí a Suzi. Não nos falamos faz uma semana. Já terminamos pelo menos umas três vezes e, nessas épocas, eu sempre aproveitava para ficar com outras meninas. Antigamente eu ficava com muitas. Dessa vez, as coisas parecem diferentes.

— Já fui melhor nisso — foi o que decidi falar.

Rafael sorriu.

— Vou viajar pra Portugal, daí você me dá umas dicas. Você disse que mora onde mesmo?

— Sintra. Pô, é mais fácil *eu* viajar para o Rio. Sinto muita falta — confessei, gostando da ideia. — Você mora em que lugar?

— Vila Madalena.

— Isso não seria São Paulo?

— Não, é só o nome do bairro. Aqui é um lugar meio longe do Rio... indo para Paty do Alferes, Miguel Pereira... Enfim, você não ia gostar de vir pra cá. Com certeza não.

— Ué, por que não?

— Não tem nada de interessante. É meio roça — respondeu ele, rindo pelo nariz. — Tem mosquito, tudo é longe e às vezes a TV a cabo não funciona.

Ergui as sobrancelhas ao sentir a decisão se concretizar dentro de mim em questão de segundos. Preciso de algo novo e diferente. De tão desesperado por experiências novas, em um estalar de dedos estou decidido a comprar uma passagem para esse tal bairro Vila Madalena.

As descrições do lugar não me encantam, mas, sei lá, quero fugir do inferno que minha vida se tornou. Quem sabe essa não é a minha chance?

— Na verdade, o único problema talvez seja meus pais — falei, imaginando como seria se eu contasse para eles sobre a vontade de voltar para o Rio.

— O que tem eles?

— A gente não tá se falando muito bem — contei, com dificuldade de explicar. — Assim, cara, eu já viajei sozinho para outros países. Já fiz um intercâmbio em Dublin por uns meses e tal. O problema é o Rio, especificamente. Minha mãe não ia gostar de saber que estou voltando.

— Você poderia trazer eles. Tem lugar aqui em casa.

— Sem chance. E se eu falar que estou indo sozinho, minha mãe vai achar que eu quero me afastar e vai fazer um drama daqueles.

— E o que você vai fazer?

Não respondi de imediato porque não tinha respostas. Mas fiquei pensando no quanto eu gostava de conhecer o lado prático do Rafael ao tomar decisões. Assim como eu sou. Sem lenga-lenga. Direto. Pensativo, mas decidido.

Será que conto para os meus pais que conheci na Internet um moleque adotado, nascido no Rio e absurdamente parecido comigo?

15 de dezembro

E aí?
Foi mal não ter escrito nos últimos dias. Estive muito ocupado conversando com o Rafael. É estranho porque nenhum de nós disse a palavra que não conseguimos pronunciar. Mas já estamos considerando que existe alguma possibilidade de sermos isso. Você sabe.

Na verdade, ele começou a aceitar essa chance depois que a garota gótica invadiu o quarto dele entre uma de nossas conversas. A maquiagem forte realçou as expressões do rosto dela enquanto me encarava pela tela do PC.

— Que truque é esse? — perguntou ela, mirando Rafael com desconfiança.

— Por que você não bate na porta antes de entrar? — reclamou ele, um tanto envergonhado.

— Oi — foi minha vez de acenar para tentar quebrar o silêncio da menina enquanto ela encarava cada pedaço do meu rosto.

— *Oh my God* — sussurrou ela, embasbacada. — Não tô acreditando no que eu tô vendo.

Eu ainda não sei qual o nome dela ou se os dois são namorados. Só sei que, desse dia em diante, Rafael pareceu tão convencido sobre nossas semelhanças que parecia ter me enxergado com os próprios olhos.

O Rafael é muito engraçado, cara. Você precisa conhecê-lo. Descobri um monte de coisas a respeito dele. É aficionado por pudins e praticamente está comendo isso o tempo todo. Ele come e fala ao mesmo tempo, não dando a mínima para o fato de eu estar vendo a mistura deliciosamente porca dentro de sua boca. Ele repetiu mais de uma série na escola. Acabou de terminar o Ensino Médio e não está na faculdade porque ainda não sabe o que quer fazer da vida. Ah, e ele anda de meias como se fossem chinelos. É um costume. Todo mundo tem um negócio esquisito que ninguém entende. Não julgue o cara por bobeirinhas. Até porque eu e ele conseguimos conversar por horas e eu não lembro se isso já me aconteceu antes. Não fique tão enciumado. RE-LA-XA.

A única coisa ruim é que a conexão dele sempre acaba. E ele frequentemente habita uma lan house.

Ele disse já ter contado de mim para a família. Todos querem me conhecer, mas eu não me sinto confortável a respeito, ainda que eu queira conhecê-los também.

É que, cara, o Rafael é zilhões de vezes mais simpático do que eu, sabe? Têm sido frequentes as vezes em que eu me pego forçando um sorriso de frente para o espelho, tentando ver se consigo fazer algo parecido com o que ele faz toda hora. Bom, pode até parecer fisicamente, mas faltam alguns elementos. Não é difícil perceber isso. Talvez o Rafael seja um cara feliz de verdade. Aposto que ele é. Mesmo com um olho fechado e o outro embaçado.

Falando em felicidade, hoje eu comprei minha passagem para o Rio de Janeiro. Rafael falou que a mãe dele teria o maior prazer em receber um amigo. Isso me deixa feliz, mas por outro lado, ainda não sei como vou contar para os meus pais.

As coisas entre nós estão ficando mais esquisitas. Aqui em casa é visita todo santo dia. De repente, as amigas da minha mãe não saem mais daqui. Toda hora alguém vem ver a barriga estufada, e tome-lhe fofocaiada que não acaba nunca.

Antes de ontem, a gente se falou. Desci do quarto para caçar algo de comer na geladeira. Quase tive um ataque do coração quando a encontrei no escuro da cozinha, de camisola, comendo um prato de macarrão, de pé, apoiada na bancada.

— Você tá querendo me matar do coração, né? — falei, acendendo as luzes. — Desde quando você come em pé e desde *quando* gosta de ficar no escuro?

Ela deu de ombros.

— Ando no escuro há anos, Lucas. Abandonada no escuro.

Ri da cara dela, fuçando a geladeira atrás de qualquer coisa comível.

— Dona Marília Dramática do Socorro. Teve desejo de comer macarrão?

— E eu mesma cozinhei.

Assobiei de leve, encontrando uma garrafa de iogurte e fechando a geladeira mais parecida com um armário platinado. Quando voltei o rosto para ela, percebi as marcas arroxeadas em torno dos olhos.

— Teve que parar com os remédios para dormir por causa do bebê? — perguntei, evitando olhar para a barriga dela.

Minha mãe não respondeu, mas seus olhos se encheram de água como se as torneirinhas se abrissem num único clique. Apoiou o prato de macarrão na bancada e veio andando até a minha direção. Pregou em mim os olhos embaçados como se soubesse a direção para onde eu evitava mirar.

— Você acha que eu serei uma boa mãe?

Sustentei o olhar marejado inalando o cheiro de molho de tomate que empesteava a cozinha. Manchados de vermelho, os lábios dela queriam formar um beiço de choro.

Minha mãe não seria uma mãe. Ela já é mãe. A não ser que... às vezes ela se esqueça disso. Como eu acho que, sim, acontece.

Deixei o iogurte sobre a mesa e dei as costas para ela.

Não sem antes dizer que, sim, ela seria uma ótima mãe *biológica*.

Eu devo ter atirado centenas de pedras na cruz de Cristo.

Ainda ando pensando na pergunta que ela me fez. Não sei se eu sou um carregador de ofensas ambulante, mas, vira e mexe, quando me olho no espelho, me vejo como um reservatório de feridas não cicatrizadas. Lucinha diz que eu preciso voltar mais vezes à psicóloga. Talvez seja verdade.

Tenho a impressão de que a morte não gostou de ter sido dispensada naquele dia. Agora, ela está cobrando minha vida de volta. Vai me massacrar até que eu queira ser seu amigo uma última vez.

Digo isso porque hoje o tempo se fechou, mas olhei na previsão e não estava marcando chuva. Não estava! Eu confio na previsão do tempo. Isso é um lance que, não sei por que, acompanho com frequência. E, bem, eu tive muita, muita vontade de fumar um cigarro, mas não podia fazer isso em casa. Daí, andei até meu lugar preferido para isso aqui em Sintra, na Volta do Duque. Um banco de madeira que já deve ter meu nome escrito.

O Parque dos Castanheiros é bem conhecido por aqui e mesmo sendo pequeno e simples, figura a lista dos meus lugares preferidos desde que vim para Portugal. Gosto das árvores antigas em dias de sol, da simplicidade do espaço, dos bancos de madeira.

Quando ele não está cheio de gente fazendo piquenique, consigo fazer minha melhor trilha e acender um cigarro, na paz. Eu estava fechado na minha, tranquilo, ferrando com o meu pulmão enquanto inalava a fumaça do tabaco. Fechei os olhos, imaginando se o Rafael, alguma vez, já tinha colocado um cigarro na boca. Quando alguém se sentou ao meu lado.

— Você não atende mais as minhas ligações, nem nada — falou o Pedro, com tom de voz manso e sentido.

Ele é um cara alto pra caramba. Deve ter uns dois metros de perna. Os cabelos são encaracolados e, a julgar pela expressão, parece estar chapado todos os dias, o tempo todo.

— Por que eu deveria? — perguntei, fazendo ele balançar os ombros.

— Você está me bloqueando da sua vida. Tudo bem.

— Ah, vai se foder, Pedro — falei, jogando o cigarro no chão e o apagando-o com a sola do Adidas. Minha vontade era fechar um soco na cara dele, mas tão forte que pudesse deixar uma marca pela eternidade, para que ele nunca mais se esquecesse do que fez comigo. — Cara, na boa, fica longe de mim.

— Lucas, eu...

— Eu tô cansado de todo mundo bancando a vítima do meu lado. Como se eu fosse o vilão sempre. Como se eu fosse culpado pelas cagadas que os outros fazem.

— Você tem razão — concordou ele, num tom inalterável, sem ainda conseguir me olhar nos olhos. — É por isso que eu vim aqui pedir desculpas pelo que eu e a Suzi fizemos.

Meus olhos arderam de raiva. Um calor subindo pelo pescoço. Abaixei o capuz do casaco, revelando minha cara de indignado.

— Por que você não fala isso olhando pra mim, seu filho da mãe?

— Não ferra, Lucas. Eu não quis isso, cara. Aconteceu — contrapôs ele, finalmente me mostrando seu rosto arrependido.

— *Aconteceu*? Aconteceu como?

— Ah, cara, não, eu não quero voltar nisso... só vim pedir desculpas.

Comecei a rir de nervoso. Alguém parecia jogar na minha visão a cena dele se agarrando com a Suzi pra me deixar enlouquecido de ódio.

— Cara, deixa de ser idiota. Não tem desculpas pro que você fez. Eu... Sinceramente, eu não sei por que você tá falando comigo agora.

— Porque nós somos amigos.

— Não, cara. A gente não é amigo. A gente nunca foi — falei, sentindo a dor de uma nova ferida quase esquecida, mal cicatrizada, empurrada lá pra dentro. Ardia. Sangrava de leve.
— Amigos não fazem isso com os outros. O que você fez não tem perdão.

— Se você quer que eu me humilhe, isso aqui é tudo o que posso fazer.

Como ele tinha coragem de me dizer um troço desses? Confiei segredos a ele. Sempre achei que pudesse confiar nesse babaca e, num belo dia, quando eu mais precisava, os dois, ele e ela, tinham enfiado uma faca em minhas costas.

— Eu nunca vou te perdoar pelo que você fez, cara. Nunca — falei, com toda sinceridade e toda a certeza no peito. — Na boa, não espere isso de mim. E nunca mais me procure.

Pedro assentiu me olhando nos olhos pela última vez, como se já esperasse aquela resposta e tivesse feito uma cena só mesmo para constar.

Antes de me deixar, ele teve a ousadia de tocar em meu ombro e dizer baixinho, para que só eu ouvisse.
— Quando você aprender a perdoar, vai ser um cara livre.
E começou a chover.

17 de dezembro

— Estou indo passar uns dias em Milão — menti com a maior cara de pau.

Com uma taça de suco de uva na mão, minha mãe se engasgou, piscou várias vezes e franziu a testa para mim. Lá na sala, tocava bossa nova. As amigas portuguesas dela adoravam ouvir a voz doce e harmoniosa dos cantores brasileiros durante os encontrinhos, apesar de sempre gargalharem em tom bem mais alto do que o som. O poder do álcool.

— Como assim, Milão? Por que Milão? — perguntou ela, dirigindo-se à porta da cozinha e fechando-a. O som de fora foi abafado e ela voou para cima de mim com ainda mais vincos na testa. — Não, Milão, não. Lucas, o Natal está chegando, seu aniversário está chegando. Vamos montar a árvore em alguns dias. Colocar as luzes de Natal e... viajar agora, por quê?

Suspirei chateado. É claro que eu sabia da sequência de festas a ser citada. Por que eu não podia falar simplesmente com meu pai sem que ele me jogasse para a mãe? Com certeza, seria apenas um OK, mas daí viria acompanhado de um costumeiro "avise a sua mãe" e tudo estaria ferrado do mesmo jeito.

— Eu conheci uma menina nova lá e... Eu quero voltar pra Itália. São só por alguns dias.

— Por causa de garota, Lucas? — avaliou ela, exasperada, apoiando um dos braços na bancada. — Com tantas meninas bem-apessoadas aqui. Tem várias mães aqui com filhas maravilhosas. Partidos dos bons, entende?

— Mãe, eu não tô pedindo. Só tô avisando. São alguns dias.

— Quais dias?

— E se eu quiser passar meu aniversário lá? Você vai me proibir? Eu sou maior de idade.

— Você acabou de fazer dezoito anos.

— Eu vou fazer vinte.

— Ah, é claro! Eu já entendi. Vamos ver se eu adivinho... Você quer perder o nascimento do seu irmão. Acertei? Isso é de propósito. Pra atingir a mim e ao seu pai.

Revirei os olhos pensando em como sair da situação.

— Você ainda está com seis meses. Faltam três! Não, pelo menos foi o que você disse. Agora eu já não sei o que é verdade e o que é mentira nessa casa.

Minha mãe não respondeu. Deu um gole na taça de suco e arrumou o penteado fino com uma das mãos. Ela usava um vestido de cetim perolado capaz de realçar a barriga com graça. Que estranho. Acho que a cada dia o volume aumenta.

— Mãe, quando eu voltar, o bebê vai estar aí dentro, ok? Posso passar dezembro inteiro fora. E, aliás, só começo a estudar ano que vem, caso você não se lembre.

— Com quem você vai viajar?

— E desde quando você se importa?

— Não fale assim comigo, Lucas. Eu sou uma mulher grávida! E sou sua mãe, caso você não se lembre.

— Bom, eu avisei sobre a viagem. Ok? Então tá. Com licença, mulher grávida — falei, saindo da frente dela.

— Vou bloquear seu cartão de crédito.

— Ah, você não é doida — falei, sorrindo. Mas antes que eu segurasse a maçaneta da porta para sair, meus pés travaram no chão. Eu conhecia aquele tom de voz, e o silêncio. Ela não estava brincando e me fez girar novamente para sua direção. — Por quê?

— Porque você não merece — falou ela, desviando o olhar. — Porque você depende de mim. Essa casa depende de mim. Todos vocês! E você, querido, vai ter que aprender a valorizar mais sua mãe, seu pai e seu irmãozinho.

— Você tá zoando com a minha cara...

— Um dia você vai me agradecer, Lucas. Enquanto esse dia não chega, vou depositar na sua conta a quantidade que *eu* julgar necessária para você passar a semana e ponto final. Vai pra Milão, agora! Anda! Quero ver — terminou ela, acrescentando o máximo de provocação possível.

Forcei um sorriso de volta.

— Eu já comprei as passagens.

— Eu estorno — replicou ela, agora olhando bem nos meus olhos. Dava pra ver o quanto ela juntava coragem para me dizer aquilo. Os dedos lotados de brilhantes agarravam a taça de cristal a ponto de quebrá-la.

Meu rosto esquentou. A respiração pesada tomou conta de mim enquanto minhas mãos tremiam de raiva.

— Você não vai conseguir nada com isso — avisei, entre os dentes.

— Veremos, Lucas. Veremos.

Diário amigo, eu desisti de tentar te convencer sobre o quanto eu sou uma pessoa boa e legal. Porque eu não sou. Você conhece alguém que seja?

Eu poderia ter feito tudo diferente, talvez como o Rafael me disse. Mas eu só faria assim se fosse outra pessoa. Conversar com os meus pais sobre ele, chamá-los para a viagem, dizer a verdade.

Não sei como posso melhorar. Se te digo isso é porque não sou o tipo de cara que banca a vítima o tempo todo. Não contei para você que há outras coisas que vejo sobre mim quando me olho no espelho. Sou uma pessoa egoísta e tenho dificuldades de dar o braço a torcer. Juro que até tento entender o lado do outro, mas ele sempre parece ridículo diante do meu.

A Suzi costumava dizer que aquilo que eu chamo de "minhas verdades" são "minhas desculpas". Eu vejo diferente. Porque para mim, elas realmente parecem verdades. Mas, às vezes, a reação das pessoas me faz perceber que estou errado. Por que sou tão confuso?

Não acredito que ela vá estornar a compra porque ela não vai querer ver a própria vida se transformar em um inferno. Talvez ela confira a compra e descubra o nome Rio de Janeiro em vez de Milão. E talvez ela possa cortar minha grana, sim. Pressinto que ela vá fazer isso, pelo tom de voz. Deve ter sido instruída por uma daquelas amigas malditas.

De uma coisa eu tenho muita certeza. Se minha mãe quiser travar uma guerra comigo, ela não vai me querer dentro de casa. Na única vez em que ela bloqueou meu cartão, eu tinha quinze anos de idade e precisei apelar para conseguir o que eu queria de volta. Só precisei deixar algumas pontas de cigarro no quarto e mostrar que eu estava me envolvendo com amizades indesejadas por ela.

Amigo, é melhor que eu não entre em detalhes sobre o que eu fiz, para você não perder o mínimo afeto por mim. Garanto ter conseguido o que queria. Em compensação, precisei prometer nunca mais fumar maconha ou fazer meu quarto de motel.

Essa promessa nunca foi cumprida, mas dei uma moderada incrível.

Diário, coisas estranhas estão se passando em minha cabeça.

Hoje eu escrevi bastante.

A irritação me causa descontrole, mas tenho que manter a mente no lugar para enfrentar minha mãe recém-ligada no modo vingativo.

Por isso, acabei de fazer as malas.

Estou pronto para viajar e adiantei o voo para amanhã.

Adeus, Portugal.

Oi, Rio, de volta.

18 de dezembro

Fala aí, amigo! Hoje foi o dia mais estranho da minha vida. Sem sombra de dúvida. Meu coração está surtando. Ainda estou muito nervoso. Que BI-ZAR-RO! Vou te contar.

Em primeiro lugar, eu nunca me perdoaria se tivesse te esquecido em Portugal, porque você nunca saberia em detalhes o que aconteceu. E, sim, é a primeira vez que escrevo em você aqui no Rio. Coloquei pouca coisa na mala, e embarquei no voo das cinco da manhã. É que eu fiquei com medo da minha mãe estornar minha compra de verdade, então eu precisei agir o mais rápido possível.

Abri parte do jogo com meu pai. Inventei pra ele que eu tinha um problema urgente pra resolver no Rio de Janeiro com uma garota. Ele me perguntou se ela estava grávida. Apenas olhei-o nos olhos e disse que minha mãe não poderia saber de nada agora, que eu ficaria off por quinze dias, mas ficaria bem. Meu pai me encarou por um longo tempo e me perguntou se eu tinha certeza de que queria fazer isso mesmo com dona Marília Montemezzo. Quando confirmei, ele não disse mais nada e, por algum motivo, eu sabia que nosso pacto estava sacramentado.

A viagem levou dez horas e, considerando o fuso, eu deveria chegar ao Brasil por volta do meio-dia. O voo atrasou e eu só consegui chegar lá pelas três e pouca da tarde, no aeroporto Galeão.

Em dezembro, o Rio de Janeiro é quente elevado à décima potência. Com o horário de verão, o sol ganha a capacidade de esquentar o crânio das pessoas por mais tempo. Sou acostumado com o sol de Portugal, mas, amigo, aqui no Rio, o negócio é diferente. Acredite em mim.

Ir do avião até a recepção no aeroporto não foi nada fácil. Na verdade, não lembro do meu estômago ter tremido tanto em toda a minha vida. Minhas pernas mal queriam se mover e eu não conseguia parar de me chamar de idiota para baixo.

Tudo está acontecendo tão rápido pra mim. Conheci o Rafael um dia desses, por acaso. Nos falamos e agora eu estou aqui, quase foragido de Sintra. Sem saber quais palavras usar ou o motivo real dessa viagem doida.

Assim que cheguei, visualizei uma mensagem do Rafael no celular.

"Meu tio Francisco irá te buscar no aeroporto. Pode chamar ele de Frank. Seja um bom rapaz e tome cuidado com a Charllotte."

Às vezes me esqueço e me pergunto como é que o Rafael digita mensagens sendo cego. Não sei se a intenção dele era me aliviar com a mensagem, mas aconteceu. Acho que dar de cara com ele assim, logo de início, seria ainda mais estranho. Meu coração até bateu mais devagar, mesmo sem saber o significado de ter "cuidado com a Charllotte".

É, meu caro, eu devia ter me atentado bastante para isso.

Puxei a alça da mala e deixei as rodinhas deslizarem pelo chão caminhando em direção ao tio Frank. *Não fique nervoso. Por que você está nervoso? Não fique nervoso*, era o mantra se repetindo em minha cabeça sem interrupções. Obviamente, ser reconhecido pelo cara não seria uma tarefa difícil. Afinal, eu e o Rafael somos idênticos. E, bom, a recepção foi um pouco mais do que eu esperava.

Assim que apareci no corredor, uma garota gótica com o cabelo comprido disparou correndo em minha direção com o olhar cheio da mais extasiante admiração. A reconheci de imediato. A menina que convenceu o Rafael sobre nossas semelhanças. E ela se atirou em cima de mim me abraçando forte, sem me dar tempo pra sequer largar a mala.

Não parava de revezar entre suspiros e amassos. Se eu fosse igual ao Pedro, estaria vermelho feito um tomate.

— Oi — foi tudo o que eu quis dizer, quando a garota me deixou respirar. Ela usava doses exageradas de algum perfume masculino famoso.

— Vocês são iguais, *for Christ's sake* — disse ela, cobrindo a boca com as mãos e me avaliando com os olhos, sem o menor escrúpulo, cada detalhe do meu corpo.

A essa altura eu já estava atraindo todos os olhares. Alguns riam enquanto aguardavam amigos ou familiares surgirem no corredor dos passageiros.

Um homem musculoso, da minha altura, vestindo um blusão fino, se apressou na minha direção tentando controlar a vontade de rir. Me estendeu a mão, meio contido.

— Sou o Lucas — falei, sem graça, apertando a mão do cara.

— Putz. Até a voz é igual — falou ele sorrindo como quem não acredita. O cara me puxou para um abraço e me apertou como se eu fosse o filho pródigo de volta ao lar. Sem brincadeira. Durou muito tempo. E tinha uma energia das boas.

Quando acabaram os abraços, eu só queria saber o que dizer.

Frank tirou minha mão da alça da mala e puxou a bagagem para mim, finalmente, se movendo para fora das atenções. Só faltaram os aplausos da plateia ao redor.

Enquanto caminhamos, Charllotte continuou colando os olhos em mim e me avaliando de perto. Girava ao meu redor me observando a cada segundo, como quem escolhe um pedaço de carne no açougue. O aeroporto lotado mal nos permitia respirar. Nos esbarramos algumas vezes. Senti a mão da menina roçar em minha bunda e parecia atrevida demais para um simples esbarrão. Alguns caras gritavam "Táxi? Táxi?" em nossa direção, mas Frank descartava todos os insistentes com educação.

— Você almoçou, filho? Quer comer alguma coisa? — perguntou ele, se desviando entre as pessoas e abrindo espaço ao mesmo tempo.

— Estou bem. Posso aguentar até lá — falei.

— Ih, você sabe quanto tempo leva? — perguntou ele, rindo. — O Rafa te contou?

— Trezentos anos, *dear* — falou Charllotte. — Melhor comer. Podemos ir a um restaurante chique, não é, Frank?

— Não. Tudo bem, não tô com fome — falei pra ser simpático, mas, na verdade, menti.

Tio Frank aparenta ter uns quarenta anos, a julgar pelo cabelo grisalho, mesmo que bem curto, e pelas rugas ao lado dos olhos. O corpo é de um cara apaixonado por academia. Alcançamos o estacionamento e ele nos guiou até um Jeep verde-escuro, antigo. Entre sorrisos e o "vocês são muito iguais" escapando de sua boca tantas vezes que eu acho que ele nem mesmo podia notar, Frank abriu a mala do carro e começou a arrumar suas coisas dentro, encontrando espaço para enfiar minha bagagem.

— Você tem um estilo muito diferente do Rafael, até porque você é rico, né? — disse Charllotte, de repente, com um olhar de desprezo. — Você é de onde mesmo?

— Na verdade eu sou daqui — falei, preguiçosamente, decidindo se eu gostava ou não daquela garota esquisita. Seus olhos esverdeados tinham contornos excessivos de lápis preto. A pele muito clara contrastava com a roupa toda escura.

— *Are you kinda... gangstar?* — perguntou ela, apoiando o peso do corpo sobre uma perna, forçando um sotaque americano.

Bom, às vezes me visto bem largado. Sou fã de camisas largas, tenho um corpo legal sem precisar malhar, compro camisetas de basquete e não recuso tênis de marca. Isso me faz parecer um gângster?

Levei um tempo pra acreditar que ela estava me fazendo aquela pergunta em inglês. A porta da mala do carro soltou um barulho seco ao se fechar.

— *I am not a gangster* — respondi pausadamente, franzindo a testa, me sentindo um pouco ridículo. — E eu sou brasileiro. Falo português.

— Não se engane. O Rafael se veste muito melhor do que você — falou ela, revirando os olhos e mascando um chiclete que nem estava antes na boca, eu acho. — Ah, e eu vou na frente. Feliz Natal.

Tome cuidado com a Charllotte. Foi o que Rafael fez questão de me avisar.

No início da viagem, eu reconheci a maior parte das vias. Conforme o tempo foi passando, a coisa foi ficando mais difícil. Não faz tantos anos desde minha mudança para Portugal, mas ainda assim, estar de volta às ruas do Rio se tornou nostálgico demais. É como se minha memória tentasse costurar as lembranças antigas com as imagens correndo através da janela do carro.

Charllotte brigou com o tio porque queria ouvir rock pesado. Ele contestou alegando estar com dor de cabeça, mas na verdade parecia se importar mais com meus ouvidos. Eu sempre dizia que estava tudo bem, já que o ar-condicionado ligado acalmava meu espírito e só de olhar para as pessoas derretendo na rua, já dava tristeza.

Tio Frank não conseguiu sustentar nossa conversa no decorrer da viagem, porque, mano, é muito chão. O carro rodou por uma hora sem parar. Almoçamos num restaurante de estrada e estiquei as pernas com suspiros de alívio.

Durante o almoço leve, Frank me falou um pouco sobre sua família e me fez entender o seguinte: minha chegada ali não se parece muito com um colega do Rafael a fim de passar o fim de ano no Rio, está mais para um megaevento pré-Réveillon na família Soares.

Frank, a esposa e os dois filhos, incluindo um bebê recente, viajaram para a casa do Rafael só para passarem um tempo comigo. Ele disse que a mãe e a avó ficaram loucas quando souberam que eu adiantei a viagem e acordaram no meio da madrugada para começar a preparar toda a comida. Além disso, o avô de Rafael tinha chamado os amigos e marcado um campeonato de baralho para aquela noite. Como isso poderia me deixar mais calmo e menos perdido?

Charllotte permaneceu de cara fechada durante todo o almoço e as outras horas de viagem. Eu disse horas. Parecia que nunca ia chegar. Ainda não sei se estamos no Rio ou em São Paulo. Porque depois da longa Avenida Brasil, abastecemos o carro e daí veio uma estrada cercada por mato, sequências ininterruptas de eucaliptos, montes, e tudo de novo. De repente, um bairro esquecido. Mais mato. Depois umas casas no meio do nada. Mais mato. Uma nova parada num posto de gasolina para que eu pudesse mijar e esticar as pernas. E mais chão.

Ironicamente, nuvens começaram a encobrir o céu na hora em que eu recebi a primeira ligação da minha mãe. Ignorei repetidas vezes, mas não tive como evitar sua mensagem.

"Você foi pra Milão?"

"Sim. Volto em uma semana. Não comprei a volta então só corte meu cartão se nunca mais quiser me ver na vida", foi como rebati.

Ela não respondeu, nem me ligou de volta. Deve ter ficado muito chateada. Mas foi fácil esquecê-la enquanto o tio Frank não parava de falar sobre seu trabalho como corretor de seguros, seu bebê de apenas dois meses e blá-blá-blá.

— Hey, *asleep*! Chegamos!

Charllotte e seu falso sotaque americano me arrancaram do sono profundo onde eu repousava como bebê. A proximidade com o corpo dela me obrigava a inalar seu perfume exagerado. Em qual momento ela tinha aberto a porta do carro e se sentado do meu lado?

Me desvencilhei, constrangido por ter dormido e por estar babando. Tio Frank já retirava minha bagagem do carro. Sequei meu queixo, pisei no gramado e logo desejei estar descalço. A grama despertava uma sensação gostosa. O sol tinha finalmente enfraquecido. Dei um giro lento espiando o local ao meu redor. Naquela hora, um vento bateu de leve balançando as folhas espalhadas pela extensão do campo. Aqui tem cheiro de terra. O quintal imenso lembra uma minifazenda com direito a cerca, grama natural por toda parte, um pneu pendurado por uma corda numa árvore gigante e uma casa bem grande de dois andares que mais lembra a casa do Sítio do Pica-Pau Amarelo.

Em qualquer direção onde eu ponho os olhos, só vejo pequenos morros e elevações, com pontos camuflados parecendo vacas no pasto. Uma casinha ali e aqui. Até o oxigênio parece não ser o mesmo de Portugal.

Da varanda que cerca a casa, surgiram uns cinco homens idosos, cochichando e sorrindo na minha direção.

— *Welcome to Nothing City* — saudou Charllotte entrando em meu campo de visão, entortando o bico com desgosto — a Cidade do Nada, em inglês.

— Venha logo aqui, Rafael Dois! — chamou um dos senhores, sorrindo abertamente.

Ignorei a gótica e suas roupas pretas absolutamente fora do contexto calorento e tentei pegar minha mala da mão do tio Frank, num gesto impossível.

— Deixa que eu levo, filho. Você deve estar cansado demais.

— Desculpe ter dormido — falei, sem graça. — A viagem foi... longa.

— Eu avisei. Você deve estar *jetlagged*. É mais fácil chegar de Portugal no Rio do que do Rio até aqui.

Mais uma vez fui surpreendido por abraços repentinos. Dessa vez foi o avô do Rafael, que mais tarde se apresentou como Vovô Garoto. Ele cheirava à gente velha e limpinha. Os amigos dele apertaram a minha mão sorrindo com pigarros e repetindo o quanto eu me parecia com o Rafael. E eu fiquei imaginando se eles competiam entre si sobre quem seria capaz de manter o maior bigode.

Ninguém parava de rir e falar com euforia. Charllotte tomou a dianteira do caminho pela subida dos degraus de madeira até a varanda. Uma senhora abriu a porta da sala fazendo a enorme guirlanda de Natal balançar todos os sininhos pendurados nela.

Um moleque gorducho brotou pela passagem como um cachorrinho que espera a primeira oportunidade para se livrar do canil.

— Pai, o que você trouxe pra mim? — perguntava ao Tio Frank com insistência.

— A família é maluca, não repara — cochichou Charllotte só pra que eu ouvisse.

E antes de entrar na sala, a senhora que eu logo supus ser a avó de Rafael estendeu os braços para mim como um polvo, sorrindo abertamente.

— Mas meu Deus do céu...! Vish, você é a versão chique do meu neto.

Eu não consegui segurar um sorriso. Aliás, não faço a mínima ideia da última vez em que eu distribuí tantos sorrisos de forma tão natural. A avó abraçava de um jeito aconchegante, como se pudesse transferir todo o carinho por osmose. Depois, veio a Dona Ana, segurando as lágrimas e me abraçando com apego, os olhos esbugalhados.

Naquela hora todo mundo parecia um Rafael pra mim, porque todos riam da mesma maneira. Ninguém nunca me recebeu dessa forma em lugar algum. Até agora não consigo parar de pensar no quanto aquilo foi surpreendente e positivo.

O gorducho filho do Tio Frank foi chamar o Rafael e, de repente, todo mundo ficou em silêncio. Cara, na boa, eu me vi numa cena de filme. A família, ao redor, roía os dedos com expectativa. Dona Ana e a avó não paravam de chorar. Os raios de sol ainda alcançavam as janelas da casa e o cheiro de capim se misturava ao aroma de comidas deliciosas que só podiam vir da cozinha.

— Ele tá vindo! — gritou o gordinho correndo em disparada do corredor para a sala. E então, logo atrás, o Rafael apareceu.

Ele ficou parado a vários passos de distância e minha primeira reação foi um choque percorrendo meu corpo. Meu coração não quis bater. Meu queixo caiu. O tempo parou. Fechei os olhos, sem acreditar. Olhei de novo e ali estava ele.

Querido parceiro, devo te dizer que mesmo se eu fosse o melhor contador de histórias do universo, eu nunca conseguiria descrever pra você o que é, do nada, ver, na tua frente, cara a cara, uma pessoa idêntica a você. Mano, idêntica. Cara, isso não está acontecendo.

Minha segunda reação foi começar a rir. Tampei o rosto com as mãos e desatei a rir. Não sei o que deu em mim. Virei de costas e voltei-me para ele repetidas vezes, balançando a cabeça sem acreditar.

O Rafael começou a sorrir de longe.

Dona Ana falou "Vem, meu amor" e ele veio andando na minha direção, permitindo que eu notasse melhor seu olho embaçado. Rafael mordia o lábio e tamborilava os dedos nas pernas. O sorriso desapareceu de seu rosto e ele parou de andar, a alguns passos de distância de mim.

Na sala, só era possível ouvir os resmungos de choro. Ninguém ousou dizer uma palavra sequer. Meu estômago revirou e Dona Ana sorriu para mim gesticulando para que eu me aproximasse do filho.

Prendi a respiração e comecei a andar devagar, em direção à minha cópia. Rafael mantinha o cabelo quase raspado, mas somos tão parecidos que isso não chega a nos diferenciar tanto. Quanto mais eu me achegava, mais meu medo ia embora e mais meus olhos esquadrinhavam cada canto do corpo dele. O blusão quadriculado que reconheci de algum vídeo, a bermuda jeans larga e, é claro, as benditas meias encardidas cobrindo os pés. Me fizeram sorrir. Parei de andar a apenas dois passos de distância.

Ele continuou sério, respirando de maneira pesada. Por fim, decidiu erguer lentamente ambas as mãos em direção ao meu rosto. E, emocionado como nunca antes, interrompi seu caminho e segurei as mãos deles com força. Meu corpo tremia e me veio uma vontade muito forte de chorar, embora não houvesse lágrimas em mim.

Conduzi as mãos de Rafael até meu rosto. Seus dedos trêmulos e pesados cutucaram o formato dos meus olhos, meu nariz, boca, orelhas, ponta do queixo, os ombros.

E então, como se soubesse exatamente como fazer para melhorar o dia, ele abriu um sorriso e me puxou para um abraço.

Explodindo pela sala, a família começou a gritar, bater palmas e assobiar. Todo mundo sorrindo e se abraçando, fazendo daquilo o evento do século.

– Feliz Ano-Novo – brincou Rafael perto do meu ouvido. Me soltou e começou a rir sem parar. Depois sentiu meu rosto com os dedos de novo, sem pedir licença e me deu um novo abraço. E eu não gostaria de estar em nenhum outro lugar a não ser ali.

A emoção foi tão forte que eu só não queria mais me limitar. Então abracei-o forte de volta, batendo em suas costas, abrindo espaço para o torrencial que parecia invadir o vazio no meu peito, e finalmente, pela primeira vez, dizendo a palavra que se encaixava como a última peça de um quebra-cabeça montado.

– Feliz Ano-Novo, irmão.

19 de dezembro

Olá, amigo.
Na noite passada, demorei muito para pegar no sono porque, apesar de termos ido dormir bem tarde, ainda estou jetlagged. Nunca esperei ser atingido por uma avalanche de sentimentos e vibrações tão positivas de uma única vez. Está acontecendo e é real. Não estou sonhando. A vida é capaz de surpreender qualquer um, mesmo que esse alguém tenha chegado ao ponto de tentar descartá-la.

Tenho a estranha sensação de que outro alguém está vivendo no meu corpo, sorrindo dentro de mim, caminhando com minhas pernas até um lugar de alívio e leveza. Será que olhar pro Rafael causa isso em mim? Não tenho certeza.

A casa aqui é bem espaçosa, com quartos sobrando e a decoração artesanal misturada com bobeirinhas de Natal. Eu disse pra Dona Ana que passaria dez dias por ali, mas nem o Rafael sabia do fato de eu ainda não ter uma passagem de volta. Preciso me livrar de toda a pressão das últimas semanas. E talvez aqui seja o lugar.

Hoje aconteceu muita coisa legal. No primeiro dia épico e inesquecível, a noite se alongou e, ao contrário do que eu pensei, conforme o tempo foi passando, mais sem graça eu fui ficando. Já estava óbvio que eu e o Rafael éramos gêmeos idênticos, porque é impossível ter duas pessoas no planeta tão iguais nascendo em barrigas diferentes. E então isso era um baita evento e as pessoas da família, e amigos, não paravam de mandar a gente fazer um monte de coisa. Medir a altura, os braços, tocar mão com mão, sorrir na mesma hora e por aí vai.

Cara, foi muito esquisito porque eu não precisava de muita coisa para entender que o Rafa escondia o mesmo incômodo. E não é nada parecido com a famosa conexão mitológica de gêmeos. É só porque, poxa, ele pressiona um lábio em disfarce e coça o início da nuca exatamente igual a mim. Ah, e tudo o que a gente faz igual é motivo de novos gritos e surpresas. O que acabou me fazendo rir, surpreso, toda hora. Amigo, eu sorri, sim. Estou melhorando nisso.

Jantamos todos juntos feito uma família tradicional ao redor de uma mesa retangular gigante. O Vovô Garoto não escondeu o orgulho, repetindo quanto tempo levou para construir os móveis da cozinha, incluindo os bancos de madeira. A julgar pelos detalhes rústicos embelezando o cômodo, ele só pode ser um excelente marceneiro. Tenho a impressão de que minha mãe adoraria conhecê-lo. Aliás, ela sempre gostou de reunir a família em eventos. A sala de jantar lá em casa é decorada três vezes por ano. As festas de aniversário e os pequenos eventos são megavalorizados. Lembro do olhar de esguelha que ela me dava só para se certificar de que eu estava comendo bem ou me divertindo. Costumo achar que ela está sempre se metendo na minha vida e querendo me controlar. Mas quem sabe esse não seja o único jeito que ela encontrou para cuidar de mim? O que estou fazendo não parece tão certo assim. Eu não deveria me tornar incomunicável porque no fim das contas, certo, vou confessar, sei que ela se preocupa comigo. Ela é minha mãe.

— Qual a sua sobremesa favorita? — perguntou Dona Ana para mim, quando eu comia um pedaço de bolo de cenoura com cobertura de chocolate.

Dei uma olhada ao redor, começando a ficar um pouco irritado por receber tanta atenção o tempo todo.

— Pudim! — gritou o gordinho, primo do Rafael.

— Ah, deixa o menino falar, filho — resmungou a avó, forçando uma cara emburrada pro menino.

— Vem, Joel! Passou da hora de você escovar os dentes — foi dizendo a única pessoa em pé. A mulher carregava traços fortes no rosto. Os cabelos lisos e longos, balançando conforme ela acalentava um bebê no colo.

— Que isso, Patrícia — falou Tio Frank, aparentemente constrangido com a expressão grosseira da esposa. — Deixa o Joelzinho ficar mais um pouco. Está cedo e ele ainda nem comeu.

— Francisco, não me estressa! Sai da mesa, Joel!

Enquanto o silêncio se instalava por um tempo, eu anotava mentalmente: a amargurada da família. Sempre tem uma.

O bebê no colo da mulher pareceu não gostar do comentário em minha mente, porque, do nada, desatou a berrar. A família sorria e voltava a falar, tentando me chamar para a conversa. Rafael não parava de comer e rir sozinho. Poucos minutos depois, uma coisa úmida encostou em meu braço e eu quase caí da cadeira ao me deparar com uma cabra bem do meu lado.

BÉÉÉÉ.

Que porra é essa?

— LOLITA! Isso é jeito de receber o convidado? — brigou Dona Ana, batendo palma duas vezes e se levantando da mesa para espantar o animal.

— Calma, jovem, por que o susto? Vocês não têm cabras de estimação na Europa? — perguntou Vovô Garoto.

Todo mundo desatou a rir, até eu, contagiado. Ah, menos Charllotte. Ela simplesmente revirou os olhos e antes de cair fora da sala de jantar, falou:

— Já deu pra mim. *See y'all tomorrow.*

Segurei a vontade de franzir a testa pra ela e deixá-la ver o quanto eu a achava esquisita. Não é saudável demonstrar isso para alguém quando você é um convidado. Por isso, apenas fiz uma nova anotação mental: *strange girl.*

E então, aconteceu algo simples, mas que, pra mim, foi importante. Alguém parecia se importar comigo, de verdade. É que, de repente, o cansaço caiu sobre meus ombros como se pesasse toneladas. Rafael, é claro, não viu minha expressão cansada ou meus ombros retesados. Mas ele, de alguma forma, sentiu. Levantou-se da cadeira e avisou pra galera que eu deveria estar cansado das horas de viagem e do fuso horário, libertando-me da quantidade de loucuras para um único dia e me levando para conhecer meu novo quarto.

Agradeci a ele por isso, embora eu ainda não sinta que ele tenha compreendido o quão grato eu realmente fiquei.

O quarto de hóspedes fica no final do corredor, no segundo andar. Rafael fez todo o caminho com a maior normalidade possível, descartando qualquer leve indício meu em oferecer ajuda. Aqui, friso: subiu as longas escadas de madeira sem nem apoiar no corrimão.

— Cara, perdoa toda essa bagunça — disse ele, abrindo a porta do quarto e me deixando ver um espaço milimetricamente arrumado. Uma cama de solteiro, cômoda, TV e uma longa cortina cobrindo a entrada da varanda.

— Qual bagunça? Está tudo arrumado. Posso... entrar?

— Claro — assentiu ele, entrando primeiro e depois encostando a porta. — Tô falando da bagunça lá embaixo. Minha família pode ser um pouco sufocante, às vezes.

— Só tem gente boa.

— Com exceção da tia Patrícia, né? Aquela do bebê.

Forcei um sorriso observando a toalha, sabonete, escova e pasta de dente arrumados na ponta da cama.

— É muita gentileza da parte de vocês.

— Está se perguntando como eu subi a escada tão depressa — afirmou Rafael, andando até a cama e se sentando sem demonstrar qualquer empecilho.

— É... me perguntei, sim.

— Pare de ser tímido, cara! Você tá em casa — falou ele, se sentando mais à vontade. — Então, essa escada existe desde que eu nasci. Eu sei quantos degraus tem, mas hoje em dia nem preciso contar. É como se meu cérebro tivesse se acostumado.

— Cara, você nem parece ser cego... — falei, acabando de notar minha mala a repousar num canto do quarto. Sentei ao lado dele e comecei a tirar o tênis. — Você... sei lá, parece que você tá me zoando.

— Bom, eu sei que você está tirando o tênis agora, mas acho que é por causa do chulé — disse ele, sorrindo de leve. Virou a cabeça na minha direção. Batucou os dedos no colchão e eu sabia que ele gostaria de tocar meu rosto de novo. Talvez para checar novamente. Pra saber o quanto disso é real.

— Você... me falou que não perdeu toda a visão — relembrei-o. — Então... você consegue... me ver um pouco?

Ele fez que não com a cabeça. Sua única pupila se movia e eu começava a desenvolver uma raiva ao ver a névoa branca espalhada em quase todo o olho.

— Consigo ver vultos, às vezes. Mas eles estão se perdendo também. Sinto que em breve eu não verei absolutamente nada.

Fiquei ali, olhando pra ele, de braços cruzados. Não havia um tom depressivo em sua voz. Uma nota de tristeza, sim, eu podia notar. Mas parecia que ele estava falando de uma espinha no rosto. E, na verdade, era sobre sua visão. Sobre sua *visão*.

Pela primeira vez, pude me sentir diante de um espelho vivo. Minha ingratidão pela vida deu um forte tapa na minha cara e eu deixei as marcas dos dedos arderem em minhas bochechas, queimarem dentro de mim.

O Rafael poderia ser eu. Eu poderia ser ele. Eu... tenho tanta coisa na vida e... caramba, nunca percebi que não tenho deficiências, sabe? Nunca agradeci a Deus por ter saúde ou por pelo menos poder enxergar as coisas. E eu só queria que o Rafael pudesse voltar a enxergar também.

— Você nunca pensou em...? Ah, cara, eu sei que você não gosta que eu fique constrangido com esse assunto, mas... é complicado. É difícil pra mim, não sei por quê.

— Você vai me perguntar se é irreversível?

— Quero saber se tem cura.

Ele deu de ombros. O sorriso foi sumindo de seu rosto.

— Eu já me conformei, cara. Eu posso viver assim. Eu vivo assim. Não é como uma doença pra mim.

— Você não respondeu a minha pergunta. Só quero saber se tem cura.

— Não nas minhas condições.

— Como assim, nas suas condições? De vista? — insisti ao detectar algo estranho, como se ele não gostasse de entrar nessa parte do assunto.

— Não exatamente.

— Você não está sendo claro.

— Você está cansado e precisa se recuperar um pouco – desconversou ele, levantando da cama.

— Cara, tem alguma coisa que eu não estou entendendo? – perguntei franzindo a testa. – Desculpa se eu tô sendo invasivo, mas eu pensei que isso não fosse um problema.

Rafael virou as costas para mim e colocou as mãos na cintura, respirando fundo, decidindo como iria continuar. Depois de um tempo, voltou a me encarar e relaxou os ombros.

— Tem uma cirurgia, que custa muita grana.

— Tem uma cirurgia? – perguntei, me levantando. – E... por que...

— Brother, não dá pra mim... porque... além de ser cara demais, eu já fiquei dois anos na fila de espera e não consegui nada.

Pude entender a dificuldade de Rafael para soltar isso quando ele ergueu as sobrancelhas de olhos fechados depois que falou. Mais um dos meus gestos. E, amigo, eu ainda não sei como explicar isso para ele, mas a existência de uma cirurgia capaz de recuperar qualquer percentual da visão perdida dele se acendeu em mim com uma chama de esperança.

Acho que ele não queria me dizer para não passar a impressão de estar pedindo grana. Porque, cara, talvez eu possa ajudar. Tá, claro, não eu exatamente. Meus pais. Nunca se recusariam a isso. Aliás, eles precisam conhecer o Rafael logo. Precisamos resolver esse lance da cirurgia o mais rápido possível. E, ao mesmo tempo, preciso ir com calma para deixar o Rafael, pouco a pouco, mais confortável com a ideia de que isso vai acontecer!

— Mas... tá. Você tem algum encaminhamento para essa cirurgia? Sabe que cirurgia específica é essa, e tal?

Ele não sorriu como de costume. Apenas me deu as costas de novo e antes de fechar a porta, falou:

— Boa noite, sósia.

20 de dezembro

Olá, amigo.
Hoje é quase quarta. Falta pouco tempo para o Natal.

A Lucinha não está aqui, então eu tive que desfazer minha mala. Isso foi mais trabalhoso do que pensei. E me fez entender o confronto real existente entre a pressa e a perfeição. Faltou trazer muita coisa, como cuecas suficientes, carregador do celular e pelo menos uma meia extra. Rafael terá que me ajudar com isso.

Em apenas um dia de estadia, aprendi bastante coisa sobre a família Soares. Primeiro, a internet aqui é péssima e era por isso que a conexão do Rafa vivia caindo em nossas conversas. A *lan house* mais perto é a pelo menos uma hora de... bicicleta.

Tio Frank, tia Patrícia, Joel e o novo bebê ficarão aqui até o final do ano. Que bom! Porque o Frank tem carro e talvez possa nos levar para algum lugar legal. Por enquanto, não aconteceu.

Não sei como as pessoas aqui conseguem ser tão magras. Meu Deus! É muita, muita comida, o tempo todo. Comida é um evento. Dona Ana, a avó, Vovô Garoto, todos cozinham. Uma vez, abri a geladeira deles e dei de cara com um verdadeiro armário congelado abarrotado com carnes e suprimentos. E aquela é a segunda geladeira reserva.

As coisas têm sido desabituais a ponto de me deixar incapaz de saber o que esperar do dia seguinte. Meu celular dificilmente dá sinal. Os programas de televisão mais frequentes são novelas mexicanas no SBT. Não faço a menor ideia do que está acontecendo com o mundo ou com meus pais, o que me deixa um pouco incomodado, mas capaz de resistir por mais tempo. Na verdade, não tive oportunidade nem mesmo de saber se meus cartões foram realmente cortados, não tenho onde usá-los por aqui.

Amigo, não tenho certeza se você está captando isso direito, mas, cara, não, eu não estou me sentindo mal. É o contrário. Eu estou estranhando meu novo mundo pelos próximos dias, mas, pra ser bem sincero, não existe a menor possibilidade de me sentir mal ao lado do Rafael.

Antes de ontem, ele me carregou de bicicleta para dar uma volta pelo pequeno bairro. Sim, um cego me carregou de bike. Eu insisti para que fosse o oposto, mas ele jurou que seria muito mais divertido se ele pudesse conduzir. E realmente foi. Firmei meus pés nos apoios da roda traseira e fui dizendo para ele o caminho. "Direita!" ou "Esquerda!", eu gritava. Ele segurava firme e guiava.

O vento em meu rosto acariciava minhas bochechas me forçando a rir. As curvas bruscas que meu irmão dava no meio da pista só mostravam o grau de sua loucura. Ou como eu sou péssimo instrutor. Mas foi engraçado. E uma hora eu precisei botar uma mão disfarçadamente no coração na tentativa de sentir melhor a vontade nova, explodindo em meu peito, de começar a gritar. Berrar pelo mundo como eu não me lembro de ter feito nenhuma outra vez, a não ser entupido de vodca.

Depois de andarmos feito dois gêmeos desenfreados pela pista, paramos em um pequeno restaurante de estrada chamado Galinho Frito. Rafael logo se localizou assim que eu falei o nome. Mesmo com um vento agitado, o sol brilhava forte sobre nossa cabeça, obrigando-nos a adentrar o estabelecimento.

— Está pronto para testarmos nossa semelhança? — perguntou Rafael enquanto eu o puxava para uma sombra longe da porta do Galinho Frito.

— Do que você tá falando?

— Ué, todo mundo me conhece aqui. E se...

— Ah, eu fingir que sou você? — deduzi, começando a considerar a ideia. Me deixava nervoso. Avaliei a roupa que ele usava e... putz, somos muito diferentes nisso. Rafael não usa nada com uma marca legal, parece não estar nem aí para estilo.

— O que foi? O que você acha?

— Você podia ter trazido um óculos de sol, sei lá... eles vão ver que eu enxergo.

— Ô mula, é isso que vai ser engraçado. Vai lá e compra amendoim sem casca. Eu sempre compro direto no caixa. Tenho dinheiro aqui.

Havia uma dúzia de carros e bicicletas estacionados ao redor. Dentro, o restaurante tinha ar-condicionado, um cheiro forte de frango assado e um monte de mesas e cadeiras ocupadas por gente de todo o tipo, a maioria com óculos de sol presos à cabeça.

Rafael devia ser muito popular, porque assim que eu entrei, tanto a moça que passava pano no chão, quanto os dois garçons atendendo atrás da estufa de salgados, acenaram para mim, e, no mesmo instante, se assustaram, aparentemente confusos. Um após o outro. Me esforcei para agir com normalidade e devolver olhares confusos como se as pessoas estivessem loucas.

Me meti entre as prateleiras com doces em potes e salgadinhos famosos formando um caminho sinuoso até a fila de caixas. Juro que vi um grupinho de três funcionários me espiarem comentando como eu era parecido com o Rafael Soares.

Uma voz feminina gritou:

— Próximo!

Escolhi os amendoins na bandeja do caixa dela e, quando a percebi melhor, até esqueci da brincadeira. A garota parecia japonesa, com a pele clara, boca fina e um olhar tímido, fino e quase sem cílios. O cabelo preto pendia num rabo de cavalo.

— Somente isso, senhor? — perguntou ela, como quem questiona a mesma coisa pela terceira vez.

— Ah, sim. Sim. Desculpe — falei, ainda embasbacado. Observei o nome dela sobre o crachá e ativei meu melhor sorriso galã. — Não sei o que é mais bonito, você ou seu nome.

Lilian sorriu de leve, mas depois desistiu de mostrar os dentes, assumindo apenas um olhar confuso sobre mim.

— Deu seis e vinte — disse ela. Entreguei uma nota de dez. — Teria vinte centavos?

— Não, desculpe.

— Tudo bem — ela me entregou o troco, me ofereceu uma sacola, mas eu disse não ser necessário.

Notei um estranho nervosismo repentino dela, como se revelasse sua dificuldade em dizer algo. E antes que eu fosse embora, ela finalmente falou aquilo que estava entalado.

— O senhor... é primo de alguém chamado Rafael...?

Levantei as sobrancelhas me perguntando como responderia a pergunta. A gente não tinha ensaiado uma boa resposta para esse tipo de questão, então decidi apenas piscar com um dos olhos para deixar subentendido. Um minuto depois, eu já tinha pegado a pista de volta com o Rafael, dessa vez assumindo o guidão.

— E aí, você chegou a ver a atendente do caixa três? — perguntou ele, num tom nervoso. — Achou ela bonita?

— Nossa! O quê? Ela é muito gata! Fui atendido por ela — falei, suspirando. Queria dizer para ele o quanto eu queria voltar ali e conhecê-la melhor. Graças a Deus por eu ter ficado quieto porque antes que eu pudesse me expressar um pouco mais, ele logo adiantou.

— Sou apaixonado por ela desde a quinta série. É por isso que quase todos os dias venho comprar amendoim no caixa três.

21 de dezembro

Tenho uma pergunta para você.
Você decide viver sua vida baseado no seu gosto pessoal ou naquilo que as pessoas esperam de você?

Se você quiser ouvir minha resposta primeiro para então copiá-la, talvez fique desapontado com o que eu vou dizer. Superficialmente, eu diria que não estou nem aí para o que o mundo pensa sobre mim. Quero que a opinião alheia se exploda.

Mas se paro para pensar melhor em cada passo meu, a verdade só me afronta. Pareço viver em função do que as pessoas conhecerão a meu respeito. Minha imagem, meu estilo, status, roupas, meu carro, minha personalidade. E, sendo bem franco, no final das contas, o quanto disso importa? O quanto disso eu vou levar depois que a morte finalmente me acolher?

Resolvi te perguntar isso, porque o Rafael é diferente. Acho que andei esquecendo de mencionar que ele usa meias sem calçados até na rua. Isso mesmo que eu escrevi. Meias no chão. Ele não vai a lugar nenhum sem estar calçado por elas. Tem gavetas e gavetas só para meias de todos os tipos. E o mais engraçado é que quando eu insisto em perguntar o porquê de ele fazer isso, ele apenas balança os ombros e diz:

— Me sinto bem assim.

Espero que ele encontre uma esposa ou um marido dispostos a aceitar essa mania bizarra.

Bom, apesar do medo de dormir no volante por ainda não ter me acostumado com o fuso, hoje dirigi o carro do Tio Frank. Rafael se sentou no banco do carona e me explicou duas vezes como chegar em seu local preferido.

— Não gosto de ser levado para lugar algum sem me explicarem como fazer para chegar lá. Mesmo de carro ou de ônibus — explicou ele. — E, olha, quem diria! Hoje isso está servindo para alguma coisa.

Isso aconteceu lá para as sete da noite, depois de jogarmos inúmeras partidas de UNO com Charllotte e Joelzinho. Nunca tinha visto esse jogo antes, com cartas coloridas e uma porção de regras. Vence quem esgota as cartas na mão. Rafael perdeu a maioria das partidas, principalmente porque Joelzinho soprava para ele os números de forma errada, dificultando as jogadas dele. Quando decidi não jogar e apenas ler as cartas para o Rafael, ganhamos juntos duas vezes. E Charllotte, de tão revoltada, desembestou a falar umas dez frases em inglês antes de se retirar.

— *See y'all tomorrow* — ela adorava sair recitando seu bordão de despedida.

Ao chegar no lugar preferido do Rafael, entendi o porquê de Frank nos aconselhar a voltarmos antes de entardecer.

Deixamos o Jeep num acostamento consumido por mato amarelado e caminhamos pelo capim por uma subida íngreme até a beirada de um barranco perigoso. O horário de verão mantinha o sol por mais tempo no céu. Mas àquela altura, já era hora dele ir descansar.

O mundo do Rafael tem cheiro de verde por toda a parte. Tudo tem um aroma rústico e natural. Parece que estou provando-o com a língua. É diferente de qualquer lugar que já frequentei por mais de um dia. Porque não cheira como a fazenda da minha tia em Campos do Jordão, ou como a vez que eu e meus pais visitamos a Irlanda. Diário amigo, acho que descobri o verdadeiro aroma da simplicidade.

Nos sentamos na beira do barranco, com a batata da perna e os pés pendendo nos joelhos. Rafael vestia meias com listras marrons e os carrapichos grudados nela lembravam pequenos flocos. Sou péssimo em calcular comprimento, mas imagino que cair dali é uma queda sem volta. Lá embaixo, corre um riacho de aparência rasa, com as margens secas.

O sol parecia maior e menos brilhante quando começou a dar adeus por detrás das colinas azuladas tão distantes. O céu escurecia aos poucos, rabiscado com tons rosa alaranjado.

Rafael puxou o ar pelo nariz e, de repente, tudo o que eu desejei foi que ele pudesse enxergar a beleza nos cercando gratuitamente. Não consegui dizer isso a ele, nem o quanto eu me sentia confuso. O quanto aquele desfiladeiro me lembrava do dia em que eu tentei tirar a minha vida. O quanto a beleza e a simplicidade da natureza arrancavam as palavras do meu coração e me faziam enxergar o buraco cavado no meu peito.

— O que você consegue ouvir? — foi tudo o que eu pude perguntar.

Ele ficou em silêncio por um tempo. Fechou o olho que ainda reagia e depois começou a dizer:

— Ouço a brisa. E os pássaros à beira do riacho.

Eu não podia ouvir nada daquilo, mas, cara, os pássaros estavam lá embaixo, sim. Pareciam flamingos. Constatar a habilidade do meu irmão para discernir os sons causou um misto de surpresa e admiração em mim.

— E eu ouço os carros passando na estrada à distância. As aves acima da gente. E a sua respiração.

— Você podia se candidatar para salvar a cidade à noite, tipo um super-herói — falei, desviando o olhar para a dança do sol se pondo. Rápida e espetacular. Quando ele decide partir, o processo é sempre com pressa. — Tem o céu e as cores em disputa. Laranja, rosa, azul... Você se lembra das cores?

— Sim! — Rafael se empertigou assentado, erguendo as sobrancelhas. — E o que mais, cara?

— Hum... deixa eu ver... Ok. Enquanto o sol se põe, as montanhas estão tipo azul. Um azul estranho. Elas estão distantes, eu sei, mas parece que dá pra ir até lá andando... e encontrar o sol.

Rafael fechou os olhos como quem imagina.

— Isso é ridículo, eu sei — falei, me achando um idiota.

— Não é nada ridículo. Continua.

Dei de ombros, não achando mais nada para descrever. Tentei encontrar as palavras para rodear pelo assunto que me incomodava secretamente havia alguns dias, mas não consegui enrolar. Eu nunca consigo.

— O que você acha que aconteceu com os nossos pais biológicos?

Rafael ergueu as sobrancelhas novamente. Deu um soco na minha perna e voltou o rosto para a paisagem, como se fosse capaz de vê-la.

— Então é isso? Somos mesmo irmãos.

— Você sabe que somos — falei, não me cansando de me ver nele. As palavras não saíam pela minha boca sem antes atravessar meu coração, provocavam pequenos maremotos por dentro e eu nem sabia que poderia ter tantas emoções reprimidas. — Não tenho mais nenhuma dúvida sobre isso.

Ele sorriu, cruzou os braços e balançou as pernas pendidas no vácuo.

— Até que você riu bastante antes de ontem. Você não é um cara que ri muito.

— Sei lá. Não vejo tantos motivos para sorrir.

— A vida é um presente, *bro* – disse ele, virando o rosto para mim. — Eu perdi minha visão, mas não perdi o riso.

Engoli a verdade dele e parecia ácida. Encolhi os ombros de leve e encurvei as costas.

— Eu tentei me matar há algumas semanas, cara — minha garganta fechou. Era a primeira vez que eu contava aquilo para alguém. — Eu só queria fazer tudo parar. Perdi meu melhor amigo, minha namorada... mas há muito tempo eu sinto como se eu tivesse... perdido a vontade de viver... Às vezes, não entendo qual o sentido da vida, sabe?

Enquanto eu sorria de nervoso, Rafael assentia. Sua voz calma se contrastava à minha fala meio trêmula e desconfortável.

— E por que você acha que está vivo até agora? — perguntou ele. — Quero dizer... o que te mantém vivo?

— As pessoas, talvez — falei, refletindo. Ficamos mais um tempo em silêncio e a pergunta dele ecoava em meu pensamento. — Minha família. Minha mãe, apesar de tudo... ela não suportaria se eu morresse, eu sei.

Rafael balançou a cabeça. Sacudiu as pernas ainda mais. As meias sujas de restos de capim. Esticou os braços para trás, fincou a palma das mãos no chão e apoiou o corpo.

— Sei o que você está pensando — falei. — Conheço todas as suas expressões.

— Isso é mais difícil pra mim, porque eu só posso deduzir você pela respiração.

— Você está com toda a certeza de que nós temos os mesmos pais — continuei, olhando para ele de lado. — E nós temos. Precisamos fazer logo um teste de DNA pra confirmar isso. A gente deve ter nascido da mesma placenta.

Metade do sol já tinha sumido de forma que o brilho dos últimos raios não podia ser capaz de perolar toda a extensão do céu.

— Onde você acha que eles estão agora? — perguntei.

— Não faço ideia. Minha mãe nunca falou muito deles. Então...

— E o seu pai? — perguntei, sem rodeios. Aquele era o momento de colocar minhas suspeitas para fora. — Vocês não falam muito dele e... eu vi uma foto dele com Dona Ana e você na estante da sala... Ele bateu as botas?

Rafael respirou fundo antes de continuar.

— Ele teve um câncer terminal. Descobriu tarde. Ele acabou falecendo quando eu tinha nove anos.

Minha garganta se fechou com mais pressão. Mais uma barra pesada na vida do meu irmão e eu ali, expurgando meus problemas, que agora pareciam tão bobos, mesmo não sendo dentro de mim. Nunca imaginei como deveria ser... perder os pais adotivos.

Preciso ser sincero com você, diário. Não consegui me lembrar das palavras certas para dizer naquele momento. Pedir desculpas, "sinto muito", ou coisas assim. Apenas repousei uma das mãos no ombro dele e dei um aperto.

— Você é um super-herói... precoce.

— Eu não sou nada, Lucas.

Ficamos ali, sem dizer mais nada por um longo tempo. Esperando o sol se pôr. A brisa subir com cada vez mais intensidade, sacudindo o capim atrás e despregando os chumacinhos que pareciam algodão pelos ares.

— Acho que a gente devia saber alguma coisa a mais sobre nossa história — falei, sem medo. — Pra saber o que aconteceu. Pra entender *como* a gente se separou. Você não quer saber?

— Tenho um pouco de medo, mas acho que a gente merece saber os detalhes — disse ele.

— Você acha que sua mãe se importaria em ajudar?

— Eu não sei absolutamente nada sobre minha vida antes da adoção. Só sei que minha mãe biológica me entregou aqui, numa noite chuvosa, e perto do Natal.

— Sério? Sua mãe não recebeu você de uma casa de adoção?

— Não — negou ele. — Minha mãe falou que a mulher me entregou a ela sem dizer mais nada além de: "Cuide dele pra mim. Eu não tenho mais condição de manter uma criança." Ela não disse o nome, nem mais nada. E depois desapareceu para sempre.

— Então ela *sabe* onde te encontrar. E... nunca veio atrás.

— Ela nunca veio, Lucas... — disse ele com um sorriso inapropriado. — Não que eu sinta falta dela, porque eu era um recém-nascido e... eu amo minha família, sabe? Mas eu me lembro de já ter levantado da cama, à noite, muitas vezes... de ter ido até a cerca e de chorar sozinho... Com medo de ficar cego de vez. Esperando pelo dia que ela chegaria e que eu ficaria curado e que ela fosse me dar o real motivo de ela ter me abandonado... Eu... só queria entender o porquê, sabe? Que tipo de mãe faria uma coisa dessas? Mas ela nunca veio... Ela nunca veio.

E o sol se pôs.

22 de dezembro

Hoje choveu e você sabe que eu odeio a chuva. Choveu canivete. Por que isso tem que acontecer?

Quando o céu se fecha, meu tímido bom humor desaparece. Tudo me irrita. A maldita Lolita dentro da casa. O bebê que só chora. As luzes de Natal piscando em cada canto da casa durante a noite.

Tio Frank levou Dona Ana e vó Telma para comprarem as comidas da ceia que se aproxima. Depois, mesmo com chuva, levou o resto do pessoal ao shopping para fazer compras. Rafael insistiu pra que eu fosse junto, mas eu aleguei não estar bem do estômago e fiquei praticamente o dia todo trancado no quarto.

Como é que alguém consegue sair na chuva?

Não importa o que vão pensar.

O Rafael precisa tirar aquele sorriso do rosto pelo menos enquanto chover.

Sinto falta do meu quarto.

Talvez de Lucinha e dos meus pais.

Gostaria de ligar para casa, mas não tem nem sinal aqui.

Não vou ligar no fixo e fazê-los pagar por uma ligação internacional.

Eu odeio chuva.

23 de dezembro

E aí, amigo?
Acredita que amanhã já é véspera de Natal? A chuva parou e eu ainda me sinto angustiado. Não consigo parar de pensar nos meus pais. No quanto minha mãe deve estar depressiva por não conseguir falar comigo.

Ela está grávida. Não pode passar por um transtorno desses. Não posso ser responsável por nada ruim que aconteça com a gravidez. E, além do mais, estou começando a considerar que sou capaz de sentir de novo a falta deles de verdade. Essa viagem está provocando em mim coisas que nunca achei ser capaz de sentir.

Hoje passei muito tempo no quarto do Rafael. Ele queria que eu o visse gravando um vídeo, embora não precisasse de ajuda para nada. Só pediu que eu ajeitasse umas luzes de Natal na parede do fundo. O restante fez por si só. Ligou a câmera, encaixou-a no tripé, posicionou tudo no lugar certo e pegou o violão preto. Todos os passos bem memorizados. Eu, fora do foco da gravação, apenas comia pipoca e o observava.

Quando ele começa a cantar, se inicia a sessão de humilhação. Ao vivo, sua voz se sobressai ainda melhor. É como se ele tivesse nascido para isso. O que me faz pensar se talvez eu possa mandar bem na música também, afinal, acho que somos gêmeos univitelinos. Será que eu não puxei nada de bom dele?

A música de hoje foi uma versão dedilhada de "All I Want For Christmas Is You". Ele pronuncia um bom inglês memorizado, chega a ser ridícula a forma com que expressa emoção em cada palavra. Quando ele canta, até uma pedra de gelo como eu fica meio abalada por dentro. Então, pela primeira vez, olhei para ele sentindo um orgulho forte no peito. Orgulho de ter um irmão assim.

Enquanto eu contemplava as paredes amarelas do pequeno quarto, a prateleira de carrinhos e o excesso de móveis escuros da mesma cor, pensava na quantidade de coisas da minha vida que ele precisa saber. Há tanta coisa para dizer que não serei capaz de contar em tão poucos dias de viagem.

Quando acabou a gravação, aplaudi e forcei um sorriso com milho entre os dentes. Charllotte abriu a porta do quarto agarrada com seu balde de pipoca, vestindo meias gigantes, botas de couro, uma minissaia e cabelos presos numa trança. Ela se jogou na cama e ficou observando meu corpo como, de vez em quando, fazia para passar o tempo.

— Não entendo por que você saiu do coral da igreja, Rafa — começou ela. — Quando você canta é como uma versão acústica do David Bowie. Ou talvez o próprio Bon Iver.

— Ué, *você* falando que eu devia me integrar na igreja? — se espantou ele, desligando a câmera. — Você vive falando que detesta ir pra lá.

— *I ain't telling you that I love it*. As cantatas de Natal... dá pra passar — assumiu ela com ar de superioridade, dando de ombros.
— Ei, Lucas! Tá preparado para adentrar os portões celestiais, hoje? Musical de Natal é regra inviolável. A família toda vai.

— Tô sabendo... — falei. Todo mundo comentava do musical desde a minha chegada. Eu gostaria de saber como era. Não via problema algum desde que não me forçassem a virar católico ou cristão. — Vou assistir. A igreja é perto?

— Perto do inferno. Aqui é o fim do mundo, *honey* — ironizou Charllotte, enfiando a mão com pipoca na boca. — Toca mais pra gente, Rafa.

— Espera! Primeiro, maninho, tenho uma coisa nova pra você! — disse Rafael, sem esconder a animação. Andou até o armário de mogno, pegou uma sacola preta gigante e lançou-a para mim. — É um pouco inusitado.

— É bem descolado — corrigiu Charllotte. — Eu que escolhi.

Lancei meu melhor olhar desconfiado para a garota, descobrindo o quanto ela sempre parecia se divertir com minha apreensão.

A sacola guardava uma jaqueta vermelha, de couro, com algumas fivelas e botões. Em mim, lembraria uma versão playboy do Michael Jackson no clipe de "Thriller". Não tenho certeza se Rafael teria dinheiro para comprar aquilo porque parecia um presente muito caro. Pelo menos, incompatível com o tipo de roupas simples que ele costuma vestir. Talvez Tio Frank tenha o ajudado.

— Você não curtiu o estilo motoqueiro, né? — quis saber Rafael, se jogando na cama ao lado de Charllotte. — Eu falei que não precisava ser tão ousado.

— Eu gostei. Espera, você também tem uma igual... — falei, acabando de descobrir que nós dois iríamos com a mesma jaqueta "Thriller" para a igreja.

Nunca quis fazer a chata da Charllotte se sentir cheia de si. Mas a verdade é que eu achei a jaqueta irada. E usá-la seria divertido.

Foi só a noite chegar e toda a família se reuniu na sala. Vovô Garoto enchendo meus ouvidos, e os de Rafa, contando sobre a época quando ele era pizzaiolo e trabalhava na maior pizzaria da zona sul. Vó Telma toda embalada num vestido com rendas e pérolas, acolhida por uma poltrona estofada, entretida, por horas, com palavras cruzadas. Patrícia ninando o bebê e gritando o nome de Joel que brincava de pular obstáculos no meio do cômodo. Charllotte abotoando as costas do vestido vermelho de Dona Ana e Lolita berrando em algum canto da cozinha.

Tio Frank estacionou o carro do lado de fora e entrou com os dentes à mostra. Trazia na mão um saco plástico cheio de rolinhos de papel.

— Seja bem-vindo ao amigo oculto tradicional da família Soares, Lucas! Ei, vocês estão vestidos iguais — disse ele, enquanto sacudia os papéis no saco. Rafael e eu nos vestimos de preto, o que tinha atraído vários comentários animados. — Cancelamos o amigo oculto anterior porque você não estava presente. Ficou em cima da hora, mas fazemos questão que você participe.

— Fala sério... — Patrícia deixou escapar, revirando os olhos.

O restante da família fingiu não ouvir o comentário. Dona Ana e Frank ficaram imediatamente com as bochechas rosadas.

— Poxa, não precisava. Valeu, mesmo — falei, constrangido.

Mãos apreensivas se enfiaram no saquinho, olhos ansiosos leram os papeizinhos em silêncio, algumas risadinhas ecoaram. Tio Frank leu o papelzinho de mais um: Joelzinho. Dona Ana escondeu o papel por dentro das vestes e ajudou Rafael a descobrir o dele. Assim que ela cochichou no ouvido do filho, ele piscou para mim e sorriu animado com seu amigo oculto. Já eu, fingi estar tudo bem, quando não estava. Acontece que eu tirei a única pessoa que parece me detestar a troco de nada e até você, amigo que nunca fala, já sabe quem é.

A igreja é distante como tudo aqui. Tio Frank precisou fazer duas viagens. Na primeira leva, foram todos exceto eu, Rafael,

Joelzinho e Charllotte. Antes que ele voltasse para nos buscar, Rafael e eu subimos para o quarto, vestimos as jaquetas vermelhas e eu fiquei ainda mais impressionado com o quanto estávamos idênticos hoje à noite. Ambos vestíamos blusa e calça preta. Com os ombros encostados um do lado do outro, somos uma perfeita duplicata, não fosse pelos problemas nos olhos do meu irmão.

— Somos idênticos, mano. Você tinha que poder ver.

— Ninguém ali vai entender nada — comentou ele, rindo. — Essa jaqueta é realmente legal? Eu sempre quis uma jaqueta preta de couro.

Por um momento, olhei pra ele sem acreditar.

Mas que idiota, a Charllotte.

Ela tinha enganado um pobre cego. E eu me estourei de tanto rir.

Sim, amigo, hoje eu consegui rir sem parar. Fazia muito tempo que eu não sentia cãibra nas bochechas e falta de ar de tanto gargalhar. A expressão do Rafael de alegria e inocência ao achar que uma jaqueta vermelha berrante era preta, foi no mínimo hilária. Pelo menos para mim. Talvez eu não devesse ter rido tanto a ponto de me envergar e cair na cama sentindo dor no abdome. Mas eu juro por tudo o que é mais sagrado que não consegui evitar. Foi hilário mesmo.

— Cale a boca, Lucas. Aposto que aquela engraçadinha me enganou feio — concluiu ele, contagiado com meu ataque de riso sincero.

— Sim, cara... estamos vestindo jaquetas beeeeem vermelhas — falei, ainda me acabando de rir. Dei um abraço de lado nele, como se pudesse confortá-lo pelo meu riso inapropriado. — Aí, hoje a gente vai causar.

— Ainda bem que eu não tô sozinho nessa. Mas essa zoação com cegos eu vou contar pra minha mãe e a Charllotte tá ferrada — falou ele, divertido, caminhando até a porta do quarto. Antes de abri-la, ele parou e se voltou para mim, de repente. — E a sua mãe, cara? Está tudo bem entre vocês?

— Hum... eu acho que sim — falei após travar por alguns segundos. — Por quê?

— Bom, é que eu nunca ouço vocês se falando. Seu telefone não deve estar dando sinal, né? Mas você pode ligar aqui de casa, beleza?

Antes que eu pudesse responder, Joelzinho deu um berro lá de baixo, avisando que o Tio Frank tinha chegado. Não tínhamos muito tempo para perder.

A viagem para a igreja, apesar de longa, foi a mais divertida até agora, com direito a um campeonato de piadas e lavação de roupa suja entre Rafael e Charllotte, no melhor estilo. Tio Frank estacionou numa rua estreita e mal iluminada. Os outros carros se enfileiravam subindo a calçada. Naquela região havia um número maior de casas emparelhadas. Na maioria delas, pisca-piscas natalinos, guirlandas e enfeites de velhinhos do saco escalando varandas.

— Será que hoje vai ter lanche? — perguntou Joel.

— Mas você só vem pra igreja pra isso, moleque — ralhou Rafael, segurando pela primeira vez em meu braço ao me fazer de guia.

— E para que mais ele viria? — disse Charllotte batendo a porta do carro.

— Você deveria usar menos lápis de olho, Úrsula! — brincou Frank se adiantando com Joelzinho. — Tá parecendo aquele cantor... o Jared Leto.

Pela primeira vez eu vi Charllotte prender a respiração de raiva e constrangimento ao mesmo tempo. Sem responder, sem avançar, sem fazer nada além de se calar.

— Úrsula? — cochichei no ouvido de Rafael.

— Você achou mesmo que o nome dela fosse Anne Charllotte? — sussurrou ele de volta escondendo o riso com a mão que não me segurava.

Em qual década os pais costumavam colocar nomes como "Úrsula" nas filhas? Deve ser há muito tempo. Esse nome não combina nem um pouco com Charllotte, mas a expressão de ira desenhada no rosto dela me dá a certeza de que aí está um recurso útil para quando ela me irritar.

Bom, não sei muito bem o que significa igreja batista, mas hoje pisei em uma. De tão famosos e queridos, os Soares pareciam ser a família do pastor. Atraíam olhares e cumprimentos em cada esquina do salão, distribuíam acenos para vários conhecidos sentados lá na galeria, tinham cadeiras reservadas na segunda fileira, a alguns passos da longa cortina escura que escondia o palco.

Nunca parei para pensar no quanto é bom se sentir útil. Na verdade, acho que nunca dei muita importância para utilidade. Digo isso porque cada minuto em que guiei o Rafael da entrada da igreja até nosso assento pareceu ter uma relevância estrondosa pra mim. Eu sei que isso é bobo e só tenho coragem de contar para você, mas foi bom perceber que ele confiava em mim para dar cada passo conforme eu o conduzia. E, mano, foi muito legal observar a reação que provocamos nas pessoas. Rafael me perguntava o que estavam dizendo e eu sussurrava em seu ouvido de volta. Ele zoava todo mundo sem ninguém saber. A senhora com um ninho de passarinho na cabeça, o filho do pastor e sua esquisita monocelha, e eu me perguntava como ele sabia que aquilo tudo estava ali.

— Ah, caramba, encontrei a menina do caixa três — cochichei ao lado dele, cutucando-o com o braço. Já estávamos sentados à espera do musical iniciar.

— Como ela está?

— Ela é bem gata — confessei, observando a garota disfarçadamente. Ela se sentava na primeira fileira, bem mais para a esquerda. Eu podia ver o quanto ela podia ser linda sem recorrer à maquiagem. — Você é um cara sortudo.

— Tá zoando comigo, né? — falou ele murchando os ombros e se mexendo na cadeira. — Que chance eu tenho com ela?

— Todas, ué — falei, ainda observando Lilian.

Charllotte me deu um cutucão, realçando que estávamos numa igreja. Fiquei em silêncio e olhando para a frente. A cortina balançava movida pelo ar-condicionado que fazia menos barulho do que os cochichos ao redor enquanto a apresentação não começava. Os músicos pareciam afinar ou testar seus instrumentos e cabos de som por trás da cortina. Meus olhos voltaram para Lilian sem querer e eu imaginei-a beijando meu irmão.

— O que é que te impede de ir falar com ela? — perguntei ainda mais baixo, quase no ouvido do Rafa. — Quer uma mãozinha?

Ele se mexeu no banco, incomodado. Eu quase podia ouvir seu coração bater acelerado. Gotas de suor brilhavam em sua testa.

— Você tá tremendo, cara. Aí, no final da parada, eu posso desenrolar pra você. Ah, a não ser que... espera... você nunca...

— Fala baixo, cara! As paredes aqui têm ouvido — reclamou ele aos sussurros, irritado.

Voltei o rosto para as cortinas, escondendo o sorriso. Rafael é BV.

— Ela tem namorado? — perguntei a ele. — Ele é pintoso?

— Não, Lucas, ela não tem namorado — respondeu Charllotte, em voz alta. — A cantata vai começar.

E o constrangimento também! Porque o Rafael, se pudesse, escorregaria do banco até desaparecer pelo chão. A própria Charllotte arregalava os olhos ansiosa e incomodada. Apenas virei-me para a frente e não movi mais a cabeça.

José e a virgem Maria entraram em cena. Canhões de luz modernizados projetavam luzes para todos os lados. Um telão ao fundo transmitia paisagens e cenas que interagiam com os atores. O coral entrou e quando começaram a dividir as vozes, meu queixo caiu e ficou naquela posição por diversas vezes. Na parte dos Reis Magos, a matança de Herodes, o nascimento de Jesus. Foi tudo muito impressionante. Nunca vi nada igual.

Quando a cantata acabou, fui um dos primeiros a me levantar e aplaudir euforicamente. Centelhas prateadas explodiam pelos ares acompanhadas da última nota aguda do coral, sustentada por um período absurdo.

Foi uma sequência de distribuição de sorrisos e saudações de Feliz Natal, misturadas com "Aleluia" e "Glória a Deus". Ah, e com o sotaque acentuado de Charllotte ao dizer *Glory to God* repetidas vezes. Não sei se era de deboche, mas sua maquiagem borrada revelava rastros de lágrimas.

Ali mesmo, enquanto as pessoas trocavam abraços apertados e até mesmo presentes natalinos, Rafael me abraçou com força e se apressou para falar em meu ouvido.

— Brother, Deus existe e por causa dele eu sou uma pessoa melhor. Conte a verdade pra sua mãe. Seus pais amam você. E deseje a eles um Feliz Natal por minha família.

24 de dezembro

Era manhã quando eu consegui falar com minha mãe pelo telefone. Tio Frank levou Rafael, Charllotte e eu para um shopping pequeno que não chegava a ser na cidade do Rio. Lá o telefone dava sinal com tranquilidade. Aqui era hora do almoço, mas em Portugal minha mãe devia estar bem descansada de almoçar.

— Lucas? LUCAS, É VOCÊ? Ah, meu Deus...

— Oi, mãe — saudei balançando a cabeça, afastado dos outros. A voz dela me fazia bem. — Como você está?

Ela pediu licença às amigas e correu para um ambiente mais silencioso.

— Você não devia ter feito isso comigo, Lucas! Você... — e ela desatou a chorar. De repente, era como se meu coração encolhesse em meu peito e os resmungos do choro me cortassem por dentro. A culpa apontou um dedo na minha cara e tudo o que ela começou a sussurrar foi me despindo para mim mesmo: *você foi irresponsável ao fugir de casa desse jeito, você não precisava ter mentido, você está a quilômetros de distância da maturidade, olha só o que você fez com ela, corrija isso*. Depois de esperar pelo choro e palavras incompletas entre resmungos, consegui retomar a conversa.

— Será que a gente consegue conversar agora? — quis saber.

— Por que inferno você está me ligando de um celular no Rio de Janeiro, Lucas Montemezzo? Eu não acredito nisso. Você está no Brasil? No Brasil?

Afastei o celular, apertei o rosto com minha mão áspera, respirei fundo e voltei a falar.

— Tenho muita coisa pra te contar, mas você não pode ficar tão nervosa.

— O seu pai sabia disso? Ele me disse que vocês têm se falado. Disse que sabe onde você está, mas eu não consegui arrancar nada dele. Então é isso? Vocês resolveram tramar contra mim no momento mais frágil da minha vida — aqui ela xingou uns dez palavrões cabeludos e você não merece ter isso escrito em suas páginas, amigo.

— Mãe, não quero que fique nervosa agora.

— Nervosa? Você ainda não me viu nervosa. Quando você volta?

— Meus cartões estão bloqueados?

— Claro que estão! Eu estou aqui igual a uma palhaça tentando fazer você se comunicar comigo há dias, mas agora você só fala com o seu pai. Aliás, se não fosse por ele, eu já teria ido à polícia. Que bonito, parabéns! Você não tem noção do tamanho da merda que você fez. Aliás, que *vocês* fizeram. Como você está sobrevivendo? Em que hotel? Por que você não ligou e...

— Mãe, se acalma! — levantei a voz, irritado. — Eu tô vivo. Tenho muita coisa pra falar, se você deixar.

Finalmente, ela se calou por um tempo. Como se tivesse sentido o verdadeiro peso de me ouvir dizer "tô vivo", ela chorou um pouco mais, engoliu a vontade de continuar questionando e bebeu um copo d'água antes de continuar, deu pra ouvir.

— O que você quer saber? — perguntou ela.

— Bom... como você está?

Minha mãe, ainda armada, hesitou por quase um minuto. Por fim, com um suspiro cansado, resolveu continuar.

— Estou comprando os últimos presentes. Ainda não decidi o que vou vestir. Mas a sala ficou linda apesar de não termos decorado todo o telhado. Compramos um pinheiro maravilhoso para a esquina da piscina. Diz que você está retornando hoje, filho. Compro a passagem daqui mesmo, anda.

— Não, eu não vou voltar hoje, mãe — contrapus lentamente, embora a lembrança de casa, do meu quarto e das loucuras extravagantes de Natal me atraíssem de volta. — Como está o bebê?

Minha mãe ficou por mais um tempo sem responder. Sei que ela queria desligar, esmagar o telefone com os dedos, mas se fizesse isso, perderia o contato comigo. Por isso, ela engoliu em seco e continuou falando como se eu não a tivesse contrariado.

— Ele chuta todos os dias, Lucas. E o traíra do seu pai adora sentir.

— Sério? Ele deve estar todo bobo.

— O que é que você está fazendo aí, Lucas? É por causa de garota?

— Não. Eu conheci um cara parecido comigo... — falei, rindo.

— Você o quê? Você... Como assim, um cara? Você... Lucas, isso é sobre sua sexualidade? Tem alguma coisa que você queira me contar?

— Se eu tivesse, você ouviria?

— Claro. Filho, claro que sim. Você... Bissexual?

Cobri a boca com força, prendendo a vontade de morrer de rir.

— Não é nada disso, cara. Eu não tenho muito tempo, mãe. Mas já que você está dizendo que ouviria, lá vai: eu acho que conheci meu irmão gêmeo. O nome dele é Rafael, foi adotado por uma família aqui do Rio. A gente acha que foi separado pelos nossos pais biológicos.

Ela ficou sem falar por um tempo. Balbuciando. Procurando como continuar.

— Você sabe de alguma coisa sobre isso, mãe? Quando você me adotou... sabia de alguma coisa?

— Lucas, isso não é possível. Não tem necessidade de inventar isso.

— Procura por Rafael Soares no Youtube, ok?

— Você acha que eu sou uma idiota?

— Mãe, pra que eu iria inventar isso? Bom, só estou ligando pra falar a verdade e dizer que está tudo bem.

— Mas, espera! Você... Como...

— Mãe, eu tenho que ir. Libera meu cartão senão eu não consigo comprar e enviar o presente de vocês. Libera agora, tá?

— Isso não é nenhuma estratégia para...?

— Não, mãe — falei, cansado. Ela precisaria de tempo para absorver tanta coisa. — Depois a gente se fala melhor. Quero comprar um presente para o meu irmão e estou no shopping agora. Libera meu cartão aí. Te ligo depois. Feliz Natal. Rafael Soares, ok?

Ela não liberou. Mas me mandou uma mensagem alguns minutos depois depositando o que se converteu para cinco mil reais em minha conta. Já era alguma coisa.

Enquanto voltamos para casa, eu me sentia como se tivesse tirado uma chave do bolso e destrancado o cômodo bagunçado onde aprisiono as verdades dentro de mim. Talvez os diários não saibam distinguir verdades e mentiras muito bem, mas quando você substitui uma mentira por uma verdade, é preciso se segurar para manter os pés no chão. Do contrário, você vai flutuar.

No carro do tio Frank, eu flutuei. A conversa com minha mãe não parava de reverberar em minha cabeça e apenas fiz silêncio para aproveitar a onda de alívio. Era melhor do que ficar chapado.

Chegamos em casa cedo e, em um dos poucos momentos que eu consegui ficar sozinho com o Rafa, já que a Charllotte vive sempre em cima dele, consegui dividir tudo o que eu estava sentindo sobre o contato com minha mãe, e sobre o dinheiro na conta.

Os convidados chegaram cedo para a ceia. Os amigos do Vovô Garoto eram os mesmos da noite em que cheguei. Iguais a ele, faziam questão de se exibirem em bermudas jovens e camisetas descoladas. As senhoras, amigas de vó Telma e Dona Ana, desaprovavam o comportamento masculino com os olhares. E enquanto eles jogavam partidas e mais partidas de baralho na varanda, todas elas se enfiaram na cozinha transformando-a numa fábrica de comidas cheirosas.

Hoje me vesti com uma blusa básica e uma calça jeans do Rafael. Ninguém aqui faz muita questão de se arrumar para o Natal, e eu me senti bem com isso. Charllotte convidou um amigo que eu ainda não conhecia. Os dois conversavam o tempo todo em um dos sofás, escondidos pela elegante árvore natalina.

— Olha como eles estão colados. Achei que rolasse algo entre vocês e ela — comentei com o meu gêmeo. Jogados no sofá de frente para a TV, conversávamos enquanto rolava um episódio do *Shrek* especial de Natal.

— Graças a Deus, não — falou ele, mantendo o tom baixo. Não estávamos distantes do casal. — Charllotte é uma irmã pra mim.

— Será que ela te vê assim também? O jeito como ela te olha. Acho que ela chamou aquele cara ali pra causar ciúmes. Quem é ele?

— É o Jamilson. É da vizinhança. Sempre vem para a ceia. Ele achava que eu gostava da Charllotte porque ela vive aqui, mas depois ele percebeu que pra mim ela é como uma prima, sei lá.

— Ué, mas ela não é da família? Ela não é sua prima de verdade?

— Teoricamente, ela é uma amiga da família que sempre viveu aqui em casa — sussurrou ele. — Ela tem vários irmãos e os pais são meio malucos. Minha mãe praticamente a adotou.

— Rabanada adiantada! — avisou tia Patrícia, sendo simpática pela primeira vez e distribuindo rabanadas e guardanapos para a galera que se espalhava pelos cantos da casa.

— Ei, acha que ela vai gostar do presente? — perguntei a Rafael, mordendo um pedaço da sobremesa. O aroma de fritura e canela se esgueirava pela sala às pressas. Na boca, o pão frito derretia deliciosamente. — Cara, isso é muito bom.

— Você tirou ela? — cochichou ele. — Tio Frank falou que você foi numa joalheria. Achei que fosse pra minha mãe.

— Comprei tudo de uma vez só. Um cordão pra minha mãe, relógio pro pai, pulseira pro bebê e o amigo oculto. Tudo barato. É claro que o Papai Noel não vai conseguir chegar em Sintra a tempo, mas... E você? Tirou quem?

— Joelzinho. Quase comprei um peru de Natal.

Quando o relógio bateu onze horas, a família e os convidados se reuniram na sala, esparramando-se pela varanda também. No pé da árvore não cabia mais um presente sequer. A brincadeira do amigo oculto teve todos aqueles "O meu amigo oculto é uma pessoa muito especial" e saudações de "Feliz Natal".

Tia Patrícia ficou em choque quando viu a joia escolhida por mim. Me deu um abraço caloroso e desejou que Deus me abençoasse. Vários "oooh" seguiram seus gestos, me deixando suficientemente sem graça. Vovô Garoto me tirou e me deu uma caixa de UNO. Todo mundo sorriu morrendo de vergonha, mas eu curti o presente. E, não sei o porquê, mas me imaginei um dia jogando as cartas com meu irmão que estava prestes a nascer.

Os presentes não acabaram por aí, amigo. Porque os Soares não vão me deixar sair dessa história sem antes fazer com que eu me sinta a pessoa mais especial do mundo. Vó Telma bordou um suéter azul-escuro para mim com minha inicial no canto do peito (Rafael ganhou um igual com o R). Dona Ana me deu um abraço apertado dizendo que eu era um dos melhores presentes que ela recebeu na vida, e me deu um boné azul-caneta da Adidas que me fez imaginar quanto tempo ela passou na internet procurando algum modelo que combinasse comigo. Tio Frank e tia Patrícia me deram uma bíblia de presente, parecia cara, com a capa preta e letras douradas. Rafael me sacaneou reembalando a jaqueta vermelha. E até alguns convidados, que reconheci da igreja, me deram lembranças de Natal incluindo porta-retratos, camisetas e até uma cesta de chocolates.

Antes da ceia, Dona Ana fez uma oração agradecendo a Deus pela saúde, paz e prosperidade no lar, liberando todos para a comida. Uma música de Natal começou a tocar em algum lugar da casa. Vó Telma fez questão de acender as velas vermelhas e brancas espalhadas entre arranjos pela mesa. Vovô Garoto trouxe o pernil assado, repousando-o no meio de toda a guarnição, e nozes, tortas, e garrafas de suco de uva. Alguns fogos de artifício bem mixurucas explodiram do lado de fora. Eles só estalavam alto, em vez de fazer um barulho maneiro, como os fogos legais de réveillon. Joelzinho entoou um desafinado "Parabéns pra Jesus". E a noite parece ter acabado.

Antes que eu pegue no sono, Feliz Natal pra você também.

25 de dezembro

Então é Natal, e o que você fez?
Tudo bem contigo, rapaz?

Acordei bem feliz. Leve e em paz, apesar da sensação de que ainda não dormi por tempo suficiente, nem me acostumei aos horários das pessoas.

É estranho pensar que eu nem senti falta de álcool na noite passada. O fato de estar aqui causa um efeito pacífico em mim e, de tão bom, às vezes soa de forma constrangedora. Como se eu estivesse me aproveitando da atmosfera natural e renovadora dos Soares, sem entregar nada em troca.

Depois da farta ceia, acabei dormindo no quarto do Rafael. A gente conversou tanto que eu não me recordo do momento em que fui tragado pelo sono.

Ah, de uma coisa eu não esqueci sob hipótese alguma: conversamos uma outra vez sobre a cirurgia dele. É tão chato perceber como ele se esforça para escapar do assunto só porque fica desconfortável com a minha possibilidade de pagar o tratamento. Porque talvez meus pais realmente possam ajudar. E... poxa, isso não seria incrível?

Na verdade, detectei uma coisa a mais. Acho que a recusa do Rafael não tem a ver só com o dinheiro. Até porque... sei lá... o

Tio Frank poderia vender o jipe e pagar a cirurgia, não? Seria o tratamento tão caro assim?

Penso ter algo a mais nessa história. Talvez meu irmão tenha medo, ou possa ter se frustrado com o tempo de espera na fila, como ele mesmo comentou uma vez. Deve se tratar de algum tipo de transplante. Só não consigo entender qual o problema, de fato, que o faça preferir perder a visão, em vez de lutar até esgotar as possibilidades.

E a família? E Dona Ana? Por que diabos eles estão conformados com tudo isso e não apoiam a recuperação do Rafael? Não entendo o porquê de ninguém se movimentar quando existe uma possibilidade, mesmo ela sendo micro.

Depois de tanta indignação, acabei sonhando com a mesa de cirurgia. Acordei antes do Rafa e, consciente da audição sensível do meu brother, concentrei-me em fazer o máximo de silêncio possível enquanto procurava pelas gavetas e armários os encaminhamentos para a cirurgia. Ele já tinha comentado sobre isso antes. Estava tudo ali, bem escondido. Com a escuridão do quarto, a tarefa se revelou mais difícil do que eu pensei. Precisei ativar a lanterna no celular, notando que já eram mais de duas horas da tarde. Quando encontrei os documentos, vibrei no volume mínimo e fugi de fininho para o meu quarto.

Tudo parecia favorável quando liguei para o celular da minha mãe e ela atendeu de primeira.

— Feliz Natal, meu amor! Quando você viaja de volta? Hoje? — e assim começou o interrogatório. Pelo menos ela me chamou de "meu amor", o que demonstra seu esforço para não retomar o estresse da chamada anterior.

— Feliz Natal, mãe. Não sei. Estou ouvindo meu pai aí. Manda um abraço.

Marília silenciou e eu sabia que ela estava engolindo o fora que pensou em dar por conta dessa cumplicidade entre eu e ele.

— Odeio estarmos separados no Natal, filho. Por que está fazendo isso comigo? Por que está fazendo isso no nascimento de Deus?

Ai, caramba! O drama estava de volta.

— Mãe, é sério. Você checou sobre o Rafael Soares? O meu irmão.

— Espera... — pelo visto ela ainda não tinha entrado em detalhes com meu pai. Pelo barulho dos saltos estalando às pressas, pude imaginá-la atravessando a sala de estar e caminhando para a beira da piscina, onde ela gosta de conversar segredos.

— E então? Você assistiu aos vídeos? Estou morando na casa dele por mais alguns dias.

— Como você encontrou esse rapaz, Lucas? Isso é muito sério! A polícia está envolvida nisso?

— Que polícia o quê. Mãe, não importa agora como a gente se encontrou. O fato é que nós somos irmãos gêmeos. Somos iguais. Vou te mandar fotos nossas juntos.

Acho que nunca paramos para tirar uma foto assim, mas sempre que estamos próximos, alguém da família puxa um celular e aponta pra gente de fininho. Acontece tanto que se tornou comum e acho que esqueci de te falar.

Eu ainda podia ouvir os passos da minha mãe pra lá e para cá. Assim como eu andava pelo quarto.

— Ele tem algum problema de visão?

— Como você adivinhou?

— Os óculos, eu acho. Jesus, Maria e José, eu estaria mentindo se não dissesse que vocês são idênticos. Vi uma foto no Facebook dele.

— Então, quando ele nasceu, só podia ver com um olho. O outro foi perdendo a visão até chegar nesse nível. É sobre isso que eu quero falar, mãe. A família deles é... humilde. Acabei de ler os documentos e ele pode fazer uma cirurgia de transplante de córnea a laser. É caro, tem em poucos lugares do Brasil, mas ele tem chance de recuperar a visão. Tem cinco anos que o médico diagnosticou isso.

Minha mãe ficou em silêncio, ponderando tudo.

— O que você quer que eu faça?

— Ué, você e meu pai conhecem um montão de gente importante. Será que não tem ninguém nessa lista que possa ajudar?

— Não lembro de ninguém de cabeça. Mas, calma. Essas coisas não se resolvem da noite para o dia. Primeiramente, a casa de adoção me diria se fosse tivesse um irmão gêmeo. Você está supondo algo impossível.

— É muito fácil resolver isso. Você sabe o nome do lugar onde me adotou? Será que eles sabem o hospital onde eu nasci? Qual era o meu nome antes do registro?

— Filho...

— Mãe, é só pra descobrir isso...

— Você está me deixando nervosa. Sou uma mulher grávida agora, você...

— Mãe, onde eu nasci e qual era o meu nome?

Depois de uma pausa, ela cedeu, nervosa.

— Você nasceu no Hospital Santa Teresa, em Petrópolis. De lá, te enviaram para o orfanato Nossa Senhora das Graças. Você foi registrado como Lucas Alberto Martins de Oliveira. Eu não quis mudar seu primeiro nome.

Foi a minha vez de ficar calado por algum tempo, atacado pelo fantasma do passado desconhecido.

— Só quero descobrir se a gente foi registrado juntos.

— Promete pra mim, Lucas. Você não precisa... se meter em nada disso.

— Como assim? Eu acabei de descobrir que tenho um irmão. Você não acha que a gente precisa de pelo menos uma confirmação? Porque ninguém aqui parece se importar de irmos a um médico, de fazermos algum exame...

— Tá, mas você está me deixando nervosa.

Bufei, convencido da pressão exercida por mim.

— Então se acalma. Vou desligar. Mãe, não inventa de ficar me ligando. Quando eu puder, te ligo. Vou enviar fotos dos documentos médicos dele. E você vê o que pode fazer, tá? Eu tô bem e já volto pra casa. Feliz Natal.

27 de dezembro

Fala aí.
Ontem tentei conversar com alguém no hospital onde nasci, mas ninguém com disposição me atendeu. Será que o espírito natalino foi embora tão depressa?

Hoje, tentei de novo. Ninguém além da minha mãe e do próprio Rafael sabem o que estou fazendo isso. Pelo menos eu acho. Provavelmente o meu pai agora sabe, já que minha mãe não vai aguentar a agonia e a coceira na ponta da língua. Será que vou me sentir flutuante ou um filho da puta quando confessar para ele que minha vinda para o Brasil não tinha nada a ver com garotas?

Hoje, sentado na cama do Rafa, de frente pra ele, fiz uma nova tentativa.

— Não podemos passar esse tipo de informação por telefone, senhor.

— Mas é uma consulta rápida. Te passo o nome e a data de nascimento. É só mesmo para saber se ele nasceu nesse hospital.

— Lamento, senhor, mas é impossível passar esse tipo de informação por telefone.

Droga! Eu pensava que no Brasil as coisas eram mais fáceis

— E como eu posso fazer para saber?

— Tem que abrir um protocolo pessoalmente. Mas esse setor só funciona depois do dia primeiro, senhor. Sinto muito. Posso ajudá-lo em mais alguma informação?

— Não. Feliz Ano Novo — desejei revirando os olhos e desliguei.

— Lucas, você não pode ter nascido em um hospital e eu em outro — repetiu Rafael, comendo uma taça de pudim que tinha sobrado da ceia. — Nascemos da mesma placenta.

— Eu sei! Mas você não tem um registro de nascimento em hospital e a gente precisa começar de alguma forma — expliquei pela segunda vez. — Se a gente tiver um documento que comprove nosso nascimento na mesma data, sobrenomes, locais e horários, já é um passo do caramba.

— Isso é estranho, porque eu acho que quando gêmeos nascem fica registrado na certidão... Peraí! Sua certidão biológica! Ela deve trazer o nome dos nossos pais biológicos — sugeriu ele, dando um pulo no colchão. — A minha não tem. Mas a sua...

— Cara, só sei da minha identidade com os nomes dos meus pais. Não dos biológicos. Não lembro de alguma vez ter visto essa informação nos meus documentos.

— E agora a gente faz o quê? Espera até o dia 2?

— Ou até minha mãe ligar de volta com notícias, sei lá. Quando ela quer uma coisa, acaba descobrindo.

— Mas você disse que ela nunca foi muito receptiva à ideia de você encontrar seus pais biológicos. Então pode ser que ela não ajude muito. E se você falar com o seu pai?

— Se a gente for depender dele, aí mesmo é que estaremos fodidos — concluí, cruzando os braços e deslizando as costas pela cabeceira da cama.

— Bora jogar *Tekken* no Play 2? Duvido você me vencer.

Sorri por dentro tentando me lembrar da última vez que ouvi falar no Play 2. Essa edição do Playstation já morreu há tanto tempo. Além disso, aquele ânimo não me convencia de que ele queria jogar.

—Você não tá duvidando que eu consiga jogar, né? —quis saber ele, desconfiado.

—Só tem uma coisa que eu duvido que você faça, Rafa. Ligar para a Lilian e marcar um encontro — lancei, apertando o lábio de baixo com os dentes.

—Ah, isso pode duvidar à vontade. Nunca vou conseguir.

—Que bobeira, cara. Esse não é você. Relaxa.

—Esse sou eu, sim — resmungou ele, desistindo de terminar o pudim e já abaixando a cabeça.

Ouvi um ruído atrás da porta, mas aproveitei para dar um pulo da cama, batendo palmas.

—Já sei como a gente vai resolver isso. Eu ligo para ela e você vai ao encontro. Nossa voz é igual! Eu posso marcar com ela.

—Tá, e que diferença faz?

—A diferença é que eu sei ganhar uma garota no papo pelo telefone. Acorda, você tá falando com o mestre dos cupidos. Você só vai precisar fazer todo o resto.

—Ah, que legal. Todo o resto. Não quer ir no meu lugar também? Aposto que ela vai gostar mais de você.

—Ah, qual é, cara? Anda, você tem o número dela?

—Não sei se é uma boa ideia, Lucas.

—Tem ou não tem?

Ele resmungou que sim.

—Só tenho o número do Galinho Frito. Ela fica lá até às nove da noite.

—Boa! — elogiei, forçando um sorriso e um tom de voz encorajador. Peguei meu celular na cama e desbloqueei com a digital. —Primeiro passo, vamos descobrir se ela está trabalhando hoje. Segundo, se ela estiver, você pode buscar ela e levar até em casa. Tá muito perigoso por aqui em época de final de ano, não acha?

Ele soltou um riso apreensivo e começou a roer as unhas. Como não se opôs, fui em frente e disquei. Um friozinho deslizou em meu estômago, mas como o desenrolo não era para mim, acabei conseguindo ser cara de pau com mais facilidade.

Uma senhora atendeu com euforia e me informou que Lilian não podia largar o caixa com uma fila daquelas. Eu disse que esperaria, alegando ser urgente.

— Mas quem gostaria de falar com ela mesmo?

— Sou vizinho dela. Aconteceu uma coisa grave. Preciso falar com ela. Caso de vida ou morte.

Cinco minutos depois, ela atendeu. Coloquei no viva-voz e cheguei para perto de Rafael.

— Quer falar? — sussurrei para ele.

— NÃO! Vai você... — insistiu ele, gesticulando apreensivo.

— Tudo bem — eu ri. — Oi, Lilian?

— Oi. Quem tá falando? É urgente?

— Muito ocupada agora? Aqui é o Rafael.

— Rafael? Que Rafael?

— Soares. Lembra de mim?

O verdadeiro Rafael Soares tampava a boca com dois punhos. As pernas chegavam a tremer de nervoso. Dei um empurrão nele e forcei o sorriso de galã como se pudesse ver Lilian bem ali na minha frente.

— Ah, Rafael... Soares? Mas me disseram que era urgente. Não tô entendendo. O que você.... bem, como posso ajudar?

— Eu tô te incomodando? Desculpa, quero muito falar com você, mas eu não gostaria de incomodar.

— Bom, aqui é o meu trabalho. Se você for rápido.

Minha mente trabalhava a mil por hora. Pela sutil mudança no tom de voz, havia um mínimo interesse da parte dela.

— É que... sei que a gente meio que se esbarrou no musical de Natal e não consegui falar com você. Na verdade, eu fico pensando que talvez seja muito perigoso uma menina voltar para casa sozinha tão tarde...

— Como é que é? — indagou ela, engasgada. Olhei rápido para Rafael e quase apertei para desativar o viva-voz. — Como assim?

— Ué, é isso. Fico preocupado com você saindo tão tarde daí e... Se algum dia você precisar de companhia...

— Eu tô acostumada, obrigada.

— Tem certeza? É que... Olha, hoje eu vou passar aí por volta desse horário com meu tio, de carro. Eu poderia te dar uma carona se não for incomodar...

— Ah, hoje eu saio mais cedo.

— Entendi. Então tá.

O silêncio pensativo durou uns dez segundos. E, amigo, aconteceu.

— Mas amanhã eu saio às nove de novo.

Abri a boca e dei um grito mudo que Rafael não pôde ouvir. Até comecei uma dancinha e dei uns tapinhas no ombro dele.

— Olha, que coincidência! Amanhã eu vou passar por aí nesse mesmo horário!

— Com seu tio... Francisco?

— Ele mesmo! A gente se vê às nove, então?

— Se não for problema para você.

— Claro que não é. Espero que não seja para você. Até amanhã.

Ela desligou e Rafael fingiu um desmaio se jogando na cama.

— De onde você tirou que eu ia passar lá com o Tio Frank de carro? Agora teremos um trabalho para convencer ele. Isso não vai ser nada fácil.

— Alô-ô! Você pode ser mais otimista e positivo? Acabei de conseguir um encontro pra você! Parece que alguém vai dar o primeiro beijinho...

28 de dezembro

Oi, voltei.
Como anda sua vida de páginas e páginas?

Espero que melhor do que minhas piadas sem graça.

Eu sou um idiota. Ou não. Ainda não entendi bem como foi que aconteceu, mas agora tenho dúvidas se realmente devo continuar encorajando o Rafael a ficar com a tal da Lilian.

Para início de conversa, hoje eu perdi a hora e acordei muito mais tarde do que o normal. Meu estômago me despertou e o relógio do celular já marcava um pouco mais de meio-dia. Se eu tivesse de férias em casa, tudo bem. Só que apesar de tudo, ainda sou um hóspede. Pega mal, eu sei.

Em silêncio absoluto, deslizei pelas escadas e caminhei na ponta dos pés até a cozinha. Não deu para escapar do constrangimento, porque Dona Ana cantarolava uma música aparentemente antiga enquanto remexia na montanha de louça sobre a pia.

Adoro a cozinha dessa casa. Simples, espaçosa e aconchegante como quase todos os cômodos. Mal coloquei os pés no espaço e ela girou o corpo para a minha direção abrindo um sorriso.

— Bom dia, rapaz! Dormiu bem?

— Uh-hum — assenti preocupado com meu bafo e minha cara de sono. A única pessoa acostumada a me ver naquele estado é Lucinha.

— Ah, não precisa se acanhar, o café está todo na mesa, filho — foi dizendo ela, secando as mãos em uma toalha e servindo um prato, talheres e uma caneca de porcelana.

Não gosto dessa caneca barata, nem dos talheres expostos. Minha frescurice só me mostra o quanto sou apegado ao que é meu. Só Lucinha sabe bem de tudo o que eu gosto há anos.

— Eu não quero dar trabalho, acabei dormindo muito.

A resposta dela foi abafada pelos gritos ecoando longe. As vozes de Rafael e do Tio Frank vinham de cima da casa. Vovô Garoto respondia de volta, da sala.

— Francisco levou o Rafael lá para cima. Estão tentando consertar a antena parabólica — explicou ela, movimentando as sobrancelhas e os olhos em desaprovação. — Estão inventando moda, isso, sim.

— Já vi o Rafael fazer de tudo — confessei misturando café e leite na caneca branca envelhecida. — Na verdade, eu não imaginava que ele pudesse levar uma vida tão normal.

— Na medida do possível — acrescentou a mãe, se acomodando no banco à minha frente e resolvendo passar manteiga em uma torrada. — Seu irmão, e podemos chamá-lo assim, é um garoto muito esforçado. Tenho muita sorte em tê-lo como filho.

— Ele me falou sobre o transplante da córnea — soltei sem perder a brecha. As engrenagens do meu cérebro trabalhavam a todo vapor. Eu precisava descobrir o que Dona Ana pensava sobre aquilo e se poderia facilitar a convencer Rafael de aceitar a cirurgia, caso meus pais conseguissem algo.

— Falou? — indagou ela. Pega de surpresa, nem terminou o caminho da torrada à boca. — Ele detesta comentar sobre isso.

— Na verdade, eu insisti muito em saber se a perda da visão tinha alguma probabilidade de reversão. Ele acabou me contando.

Ana balançou a cabeça, piscou os olhos, acabou decidindo depositar a torrada sobre a mesa e tornar a falar.

— Foi muito complicado, querido. Quando a mãe biológica dele o trouxe aqui, e acredito que seja sua mãe também, apesar de não entender como uma pessoa poderia separar dois irmãos gêmeos, ele já tinha um problema no olhinho direito. A pupila não reagia a nenhum estímulo e ele nem conseguia abrir.

— E o outro olho?

Ela soltou um leve suspiro cansado.

— Com cinco anos, ele já tinha 5 graus de miopia. Trocou de óculos várias vezes. Nada corrigia a visão por tempo suficiente. Os outros garotos riam dele, aí a gente teve que matricular ele num colégio para cegos, lá na cidade do Rio. Era muito longe e ele precisou morar um tempo com o Francisco. Depois a mancha branca foi crescendo, a visão diminuindo... os vultos...

Naquela mesma hora, Rafael gritou lá de cima algo como "Melhorou?". Vovô Garoto respondeu da sala com um berro. Dona Ana suspirou cruzando os braços e pela primeira vez eu pude notar a quantidade de rugas ao redor de seus olhos cansados. A pele parecia desgastada pelo excesso de luz solar.

— No início eu achava que Deus estava punindo o moleque por alguma coisa errada que eu tivesse feito — confessou ela com um olhar distante. — Mas depois veio o câncer e a morte do pai. Isso tudo parece injusto. Mas quando você olha para a vida do Rafael e percebe o homem que ele está se tornando, então você acaba descobrindo que não existe melhor nem pior. Existe a gente. E o mundo. E como vamos nos adaptar à nossa realidade. No final das contas, é só isso.

Dona Ana fincou seu olhar no meu, como se arremessasse um anzol certeiro, pronta para içar algumas das feridas assentadas no fundo do meu esconderijo. Continuei encarando-a, permitindo que suas palavras levantassem meus pensamentos. Porque há meses, ou talvez anos, eu não vejo muita razão para viver. Sou um cara que não encontra motivos, me isolo de tudo e distribuo a culpa para todos, mesmo calado, acuso a vida de ser injusta por não me dar o que quero quando quero. E essa é uma das maiores verdades sobre mim.

Naquele momento, tudo o que eu queria era que o meu irmão fosse curado. Já bastava a tortura de perder a visão aos poucos. Que tipo de pessoa fica feliz sabendo que a cada dia está perdendo um pedaço de si? Chega! Chega de contagens de degraus, chega de movimentos decorados ou de incluir o Tio Frank na história só porque o pobre do meu irmão não seria capaz de levar Lilian em segurança até a casa dela.

Ele merece mais. Acho que ele já provou que pode conviver com a dor sem mostrar para as pessoas o quanto dói. Se Deus existe, por que não pode simplesmente restaurar a visão do meu irmão? Talvez Deus não queira resolver a situação com um passe de mágica, mas através dos doutores e de um exame real. Não estou certo de muita coisa, a não ser de que quero oferecer todo o possível para ajudar.

— O Rafael falou que já ficou na fila de espera aguardando pelo transplante.

— E ficamos mesmo. Por mais de dois anos — confirmou ela, com a passividade expressa nas feições. — Meu filho, demora muito pra pobre conseguir coisa de saúde. Passavam todos os casos de perfuração à frente. Levou muito tempo até que a gente finalmente conseguisse atenção.

— Conseguiram? Mas... ué, eu não tô entendendo, Dona Ana.

— Conseguimos quando o pai do menino já tinha descoberto o câncer. A gente não tinha muitos recursos. Foi daquele jeitinho, né? Francisco ajudou como pôde. Antônio, o pai do Rafael, tinha o mesmo problema do filho. Achava que tudo era se humilhar. Não gostava de receber ajuda.

— Mas por que isso interrompeu a cirurgia do Rafael? Ainda não entendo.

Dona Ana sorriu sem mostrar os dentes. Estava escrito em sua testa o desconforto por retomar aquele assunto.

— Não conseguimos salvar ninguém, querido. Quando o Antônio se foi, não teve um que não ficou abalado de verdade. Aquele dia cortou o coração da gente.

— Me desculpe por insistir nesse assunto, Dona Ana. Mas a senhora acha que ele ainda tem chance de recuperar a visão? Quero dizer, o que os médicos dizem? Porque agora ele só vê vultos.

— Não precisa se desculpar, filho — falou ela, alisando os braços. — Não é tão diferente de quando estávamos na beirinha da fila pra conseguir o transplante público — ela deu de ombros. — Não sou a melhor pessoa para diagnosticar.

— Eu posso ajudar a pagar tudo. Ele pode retornar para a fila. Numa clínica particular.

— Ele vai se recusar — afirmou ela balançando a cabeça, deixando o olhar de tristeza cair ainda mais. — Ele não é mais uma criança, Lucas. Ele pode escolher. E ele não vai permitir.

— Se meus pais puderem ajudar, ele não pode recusar. É um presente.

— Ele tem muito medo, Lucas, você precisa entender — explicou ela, ajeitando uma mecha do cabelo. — A morte do pai foi um trauma muito grande, eu te disse. Meu filho tinha muita esperança de que a medicina fosse curar o câncer do pai, mas... Bom, se você quer tanto saber, foi um erro médico em uma cirurgia. Foi isso que fizeram com ele e com a gente. Em vez de ajudar, acabaram acelerando a morte do nosso Antônio.

— Caramba — sussurrei, prendendo a respiração. — Desculpe.

Havia a dor de ouvir a história verdadeira do meu irmão e conhecer de onde vinham seus medos. Mas também havia a inconformidade por sua paralisação bem no meio da vida, mesmo quando um fio de esperança ainda pulsava.

— Ele tem medo de criar expectativas e nada dar certo. Tem medo da própria cirurgia mesmo — disse ela, desanimada. — Ele não vai aceitar que paguem um transplante para ele. Não é o que ele *quer*, entende?

— Com todo o respeito, no caso dele, as chances de cura são ótimas — insisti, me sobrepondo à voz do próprio Rafael gritando do telhado. — Não é uma cirurgia tão arriscada assim, Dona Ana. A fila do transplante talvez possa ser resolvida.

Mas ela deu de ombros e se pôs de pé, esquecendo a própria torrada na mesa.

— Eu gostaria muito que acontecesse, mas você vai ter muito, muito trabalho se quiser mudar aquela cabeça dura e conformada.

— Seria melhor se eu pudesse contar com a ajuda da senhora — falei, atraindo a atenção dela. — Não vou ficar satisfeito enquanto eu não esgotar todas as minhas possibilidades, Dona Ana. Ele é meu irmão.

— Definitivamente.

O restante do café foi em silêncio. Terminei na hora dos gritos eufóricos pelo conserto da antena. Passei o resto da tarde repassando aquela conversa na cabeça, deixando que ela me transportasse para um lugar imaginário onde o Rafael recuperava a visão, meus pais chegavam de Portugal e morávamos todos juntos na mesma casa.

Rafael chamou minha atenção pelo menos três vezes, perguntando o que estava acontecendo. Não tive coragem de contar a verdade, nem achei que era o momento. Aliás, ele já tinha algo grande para preencher o quadro das preocupações: o primeiro encontro com uma garota.

Tio Frank deu vários tapinhas nos ombros do Rafa depois de contarmos como tínhamos o envolvido na história.

— Só tem uma coisa. Hoje a Patrícia vai visitar uma amiga no Rio antes das quatro e ela insistiu para que eu dirigisse.

— O quê? Não acredito que você vai acabar com os nossos planos, tio! — protestou Rafael, indignado. — Você tem alguma ideia do que tá em jogo?

Tio Frank ainda tentou nos persuadir, mas Rafa foi ganhando nos argumentos. Por fim, ele lançou a última desculpa:

— Mesmo que eu consiga fazer ela não sair, vou ter que compensar de algum jeito, ajudando ela com o bebê. Ela não vai me deixar dirigir para você à noite nem por um decreto.

E foi assim que eu ganhei as chaves do carro para participar do momento importante. Coloquei muita pilha no Rafael, contamos as horas para o momento.

Pela primeira vez pude ver os pés dele enfiados em algo além das meias. Ele se vestiu com um jeans preto comum, tênis da Nike e uma blusa cinza casual da Armani. O look todo meu. Eu fiz questão de não aparecer, me enfiando numa roupa qualquer toda preta.

Tio Frank enrolou Dona Ana. Nos apressamos, eu e Rafael para o jardim. Um vento de chuva soprava forte arrastando as folhas pela grama com grosseria. Conduzi-o pelo braço até a porta do carona e quando corri com a chave na mão para destravar e entrar no carro, dei de cara com Charllotte encostada na porta do motorista. Os braços cruzados envolvendo-a na capa preta gótica. As sobrancelhas mais escuras e erguidas em altivez. Como eu não havia a percebido antes?

— Pra onde vocês estão indo a uma hora dessas? Posso saber?

— Tudo bom, mamãe? — disse pedindo licença com um gesto de mão. — A gente precisa sair. Logo estaremos de volta.

— Olá, Rafa! — saudou ela, aumentando o tom de voz, sem tirar os olhos de mim. — As roupas do Lucas não combinam com você, fique sabendo.

Ela sabia de alguma coisa ou minha mente pregava uma peça em mim?

— Oi, Charllotte — falou ele.

— Por acaso você está levando meu amigo para o mau caminho, Lucas?

— Se você puder me dar licença — falei, já empurrando-a levemente com o meu corpo ao me espremer para abrir a porta do carro. Por fim, precisei ser um pouco brusco ou ela não se removeria do lugar. O tempo corria.

— Posso ir com vocês? — pediu ela.

— Dessa vez, não. Até mais tarde — respondi, sem rodeios, já dentro do carro. Rafael emanava tensão sem precisar dizer uma palavra. Coloquei o cinto, puxei o freio de mão, enfiei a chave no carro e espiei os retrovisores para fazer a ré até a cerca.

Quando já estávamos distantes, o farol alto iluminou Charllotte ressaltando sua capa esvoaçante que combinava com o céu escuro. E posso jurar que ela disse apenas mexendo os lábios: *"Say hello to Lilian for me."*

O encontro não aconteceu. Lilian tinha trabalhado até as cinco da tarde e deixou um bilhete com Judite, a funcionária da maquiagem borrada que atendia as ligações.

— O que está escrito aqui, Lucas? Lilian pediu que me entregassem isso — explicou um Rafael claramente abatido, ao retornar para o Jipe e me entregar um pequeno bilhete.

Minha respiração até fugiu quando li a caligrafia delicada da garota. Ela tinha escrito num pedaço qualquer de papel.

"Eu odeio babacas covardes."

29 de dezembro

Querido companheiro dos meus devaneios mais doidos de todos os dias, gostaria que você tivesse uma explicação decente para a seguinte pergunta: Por que as desgraças precisam acontecer necessariamente uma atrás da outra (eu disse, uma atrás da outra) em nossa vida?

Está mais do que óbvio que eu também não sei responder essa porcaria de pergunta. Só sei que é assim que acontece. E que quando você pensa que uma coisa ruim não pode ficar pior, ela fica.

Estou chegando à conclusão de que a gente só sabe que está vivendo de verdade quando a vida dá um susto desses na gente e a única opção é ficar sem palavras e sem ar.

Eu, literalmente, não faço ideia de como reagir agora.

Vou te contar como aconteceu.

Hoje amanheceu chuvoso. Rafael dormiu no meu quarto, mal-humorado com o furo de ontem. Depois do almoço, fiquei entediado e ansioso para falar com meus pais. A conversa com a mãe do Rafael ainda não saiu da minha cabeça. Eu precisava conversar com alguém a respeito.

Foi como transmissão de pensamento. No final da tarde, de repente, meu celular tocou mostrando a foto registrada de Marília Montemezzo. Tranquei a porta do quarto, sentei na cama e colei o aparelho no ouvido.

— Lucas?

— Oi. Eu ia te ligar, mãe. Tudo bem?

— Mais ou menos — respondeu ela, num tom apreensivo. — Não estou te ouvindo bem.

— Pode falar. Tô ouvindo.

— Filho? Tenho algumas notícias. Você vai precisar sentar-se e colaborar.

— Hã? Como assim?

— Você não é mais uma criança e sei disso. Deixei você fazer o que queria por um longo tempo. Agora, a gente vai ter que fazer junto, está ouvindo?

— Do que você está falando.

— Fiz contato com o hospital onde você nasceu.

— E aí?

— Não demos muita sorte. Por mais que você acredite que o rapaz é seu irmão gêmeo, ainda não há provas legais o suficiente. É um assunto muito delicado... O teste de DNA é o único jeito.

— Mas a gente não pode ter nascido em hospitais diferentes. Não faz sentido algum.

— Acontece que, se vocês são realmente gêmeos, tudo indica que ela... Uma *hipótese* é que sua mãe biológica decidiu ficar com o seu suposto irmão e te entregar para adoção. O Estado precisou registrar você e o nome dela entrou em sua certidão inicial. Não existe nenhuma outra criança registrada com o nome dela na filiação, querido. Mas, olha, se vocês forem mesmo gêmeos, ainda temos como comprovar com alguns exames. É muito mais simples do que parece.

Ela me deu a pausa necessária para eu absorver tudo. Nada será capaz de mudar nem um milímetro a minha certeza sobre dividir uma placenta com o Rafael. Sei que somos irmãos provavelmente desde que o vi pela primeira vez.

Agora, por que motivos minha mãe biológica me deixaria no hospital e levaria o Rafael sem nos dar, pelo menos, a chance de sermos registrados como irmãos gêmeos? Por que ela entregaria o bebê à Dona Ana ainda recém-nascido, sem nem lhe dizer o nome da criança? Não consigo pensar em um motivo sequer.

— Mas dizem que irmãos gêmeos vêm com isso escrito na certidão. Nunca teve nada na minha?

— Você está me perguntando se eu sabia que estava adotando uma criança com um gêmeo perdido por aí? Acha que *eu* não faria todo o possível para encontrá-lo? Isso ofende.

— Desculpa. Não tô conseguindo pensar direito. É muito confuso.

— Quer saber o que é muito confuso? Imaginar que uma mãe abandonaria um filho na casa de alguém desconhecido e que essa nova mãe conseguiria por meios legais a guarda da criança. Isso, sim, é muito confuso.

Mesmo à distância, puder ver minha mãe colocar aspas com os dedos ao "nova mãe".

— Como assim? O que você tá querendo dizer?

— Que isso é impossível de acontecer, Lucas — sussurrou ela como se Dona Ana pudesse ouvi-la. Deu novos goles em sei lá que bebida ela tomava. — Se alguém entrega uma criança na sua casa hoje, não importa o quanto você ama essa criança, é sua obrigação entregá-la ao Governo. Não se consegue documentos, certidão, nada disso. Existe uma fila de espera com pessoas aguardando bebês para adoção. Tenho propriedade para falar isso.

— Tá, mas o que você está querendo dizer? — insisti, com uma pulga crescendo atrás de cada orelha. — O Rafael estudou, tem os exames, o sobrenome dele é Soares igual ao de todos aqui.

Mas ouvir seu sorriso de quem não se enganava me deixava preocupado.

— Não sei como essa mulher conseguiu isso, mas se eu fosse você, teria cuidado. Essa história não está certa, Lucas.

— Espera, como você conseguiu saber que não tem um registro de outra criança com meu sobrenome no hospital onde eu nasci? Eles não puderam me ajudar.

— Fontes, Lucas — respondeu ela, impaciente. — Ainda tenho contatos de onde te adotei, e no hospital. O máximo que me informaram foi sobre boatos de desistência, mães sequeladas, pais que entregam os filhos para adoção. Até porque abandonar é crime. Posso contratar um detetive particular. O que acha?

— Detetive particular? — repeti, desacreditado. Minha mãe faz tanto drama que às vezes é difícil saber quando ela está sendo sincera. — Eu acho que vocês precisam conhecer o Rafael. Se você e o pai virem ele pessoalmente, não vão ter dúvida nenhuma.

— E é sobre isso que eu quero falar.

Fiquei esperando-a continuar, aflito. Um certo nervosismo tocava sua fala junto com a determinação em se mostrar no comando da situação.

— Estamos indo para o Rio. Minha gravidez é arriscada e eu não posso me estressar com suas gracinhas. Deixei você fazer o que queria até agora, mas tudo isso foi longe demais. Além do mais, você não é tão adulto como pensa. Você só tem dezenove anos. Me passa o endereço da casa pra gente achar o hotel mais próximo.

— Não tem hotel próximo. Aqui é... no meio do nada. É tipo interior.

— Como assim, não tem nada? Quero ver no Google Maps.

— Posso ver com a mãe dele se tem lugar por aqui. Com certeza tem. A casa é enorme. Só não sei se... mãe, olha, é bem diferente do que você e o meu pai estão acostumados – falei, selecionando as palavras com dificuldade. Um sorriso quase se formou em minha boca quando imaginei a cena onde minha mãe e Lolita se conheceriam. – Quanto tempo você quer ficar?

– Quero que você volte para cá primeiro.

– Eu não vou voltar agora. Esquece.

Não sou a criança que ela pensa que sou, e sabia que ela não discutiria mais. Aguardei com paciência, até que...

– Quero viajar logo no dia primeiro, à tarde, para ficar dentro do meu recesso. Seu pai vai junto, e vamos voltar todos juntos para casa, ok?

– Se você for me forçar a passar na casa das minhas tias, pode desistir, mãe. Vou ficar por aqui.

– Você tem noção do que acontece comigo se eu for vista grávida no Rio e não visitar ninguém? Sem contar que a gente não tem todo o tempo do mundo. Vai ter que ser como eu quero.

– Você está vindo me buscar, conhecer meu irmão ou ser vista grávida no Rio?

– Os três. Quero conhecer a mãe do menino antes. Quero conversar com ela. Já disse que eu acho tudo isso muito estranho. Lucas, por que você não me contou sobre isso antes? Você nem sabe onde está se metendo. Poderíamos ter feito tudo juntos. Você tem família!

– Mãe, você é controladora demais. Eu não queria fazer as coisas do seu jeito mais uma vez. Fora que a gente mal estava se falando.

– Você *decidiu* mentir sobre um assunto tão importante que chega a ser ridículo. Como pôde fazer isso comigo? Você acha que eu não teria interesse em saber que você tem um irmão gêmeo? Fui *eu* quem adotei você, Lucas. Você é *meu* filho.

A ligação ficou péssima, de repente. A voz dela distante e arranhada.

— Ok, mãe, sem sermões — respondi balançando a cabeça. No fundo, uma pressão esquecida em meu peito começou a se aliviar. Era gostoso sentir a proteção dos meus pais se estendendo sobre mim de alguma forma. — Vou falar com a Dona Ana sobre você e meu pai. Eles perguntam sempre. Também estão ansiosos para conhecer vocês.

— Eu quero falar com ela antes. Me manda o número dela e o endereço por mensagem.

— Tá. Mas e os documentos? E o problema do Rafael? Você conseguiu ver alguma coisa?

— Primeiramente, quero conhecer essas pessoas — respondeu ela, num tom sério. — Mas posso adiantar que seu pai fez contato com uma pessoa no Brasil, em São Paulo, que talvez possa ajudar. Fim de ano fica mais difícil. Esse seu suposto irmão sabe que você quer ajudá-lo na cirurgia? Como vocês tem conversado sobre isso? Me conta melhor.

Fiz que não com a cabeça como se ela pudesse me ver. A ligação piorou.

— Pelo contrário. Ele não quer que eu ajude. Mas eu não falei nada para ele sobre você. Tá me ouvindo? A ligação...

— Vocês fazem aniversário juntos, a coisa mais bizarra. Então, querem comemorar no Brasil? Podemos fazer a festa por aí e retornar um dia depois? Podemos fazer a festa dos gêmeos!

— O quê? Sem *festa dos gêmeos*. Mas podemos comemorar aqui, sim, mãe — falei, revirando os olhos. É claro que ela não podia esquecer das festas. — Consegue me ouvir bem?

— Está falhando um pouco. Lucas, cadê os meus presentes de Natal? O que você comprou?

— Relaxa, mãe. Você vai ver quando eles chegarem. Fim de ano, ok? Você está evitando uma última coisa.

Ela ficou em silêncio. Aposto que, do outro lado, se fazia de desentendida. Mas a verdade é que ela estava tremendo. Não queria tocar nesse ponto. Muito provavelmente, já teria avançado nas descobertas e, por algum tempo, torceu para que eu não notasse. Talvez por isso tenha demorado tanto para me ligar, já que o assunto era tão importante. Talvez por isso estivesse marcando uma viagem para o Rio com tanta pressa. Talvez por isso fizesse questão de, mesmo grávida, abrir mão de todo o seu conforto para vir me buscar.

Eu não podia fingir não ter percebido. Nunca quis me aprofundar nisso porque sempre tive tudo o que eu queria, e ninguém nunca fez questão de que eu soubesse. Mas a maré está mudando e dá para sentir o cheiro de um torrencial turbulento à distância. Não vou fugir.

— Você não disse o nome deles — falei, com cuidado. — Na verdade, você nunca quis que eu visse minha primeira certidão... Mãe, tudo bem. Mas com tudo o que tá acontecendo, eu acho que chegou a hora de saber. O nome dos meus pais biológicos.

Ela hesitou, mas não demorou para dizer. A voz cada vez mais distante.

— Monique Martins Brito. É esse o nome dela. Não registraram o nome do seu pai na certidão.

— Entendi — me esforcei para manter o tom de voz normal. Corri para a escrivaninha de madeira e anotei o nome em um papel.

— Lucas, você sabe por que eu evitei te dizer isso, não sabe?

— Mãe, fica tranquila. Você é minha mãe. Não tem nada demais saber o nome dela.

— Eu não nasci ontem. Sei que você pode tentar procurá-la, mas não acho que seria uma boa ideia. Vocês poderiam acabar se decepcionando. Fico preocupada pensando no que poderia acontecer, filho.

— Mãe, relaxa. Não vamos fazer nenhuma besteira.

— Não tente procurá-la sem eu e o seu pai, filho. Por favor — implorou ela, enfaticamente, entrecortada pelos chiados da ligação. — A gente chega aí em alguns dias. Podemos fazer isso juntos, se você quiser.

— Só quero que vocês fiquem bem, mãe. Porque tá tudo ok. Eu juro. Vocês vão gostar do Rafael.

— Espero que sim.

Não conversamos por muito mais tempo. Quando a ligação caiu de vez, eu não conseguia tirar os olhos do papel. Entrelacei-o entre os meus dedos, deixando que as palavras repousassem em minha mente. Monique Martins Brito. Esse é o nome da minha mãe biológica. Eu nunca havia chegado tão perto. Não estava disposto a obedecer a minha mãe adotiva. Minha curiosidade era maior. Talvez eu não precisasse fazer isso sozinho.

Alguma vez na vida você já sentiu uma vontade absurda de futucar algo que não deve ser tocado? Você já sentiu um impulso louco de chamar alguém para ajudá-lo a fazer isso, só porque não tem coragem suficiente para assumir a culpa sozinho?

Não, porque você é só a bosta de um diário.

Eu já. E foi por isso que eu chamei meu irmão.

Relâmpagos irrompiam como flashes no céu, iluminando meu quarto e anunciando a chuva encomendada.

Perguntei a ele se deveríamos chamar Dona Ana para fazer isso conosco. Mas ele preferiu manter entre nós dois. Pelo menos, no início.

Dividir um medo sinistro com ele pela primeira vez era como se aliviar de metade da culpa e posso apostar que ele compartilhava do mesmo sentimento. Rafael precisava de adrenalina para esquecer a história mal começada com Lilian. Ele queria futucar isso tanto quanto eu.

No meu macbook, abri o Google e digitei o nome dela na busca. Um nome incomum como esse não poderia ter um número absurdo de registros diferentes. Pensado e feito. Uma única conta no Facebook. Avisei ao Rafael o que tinha encontrado e ele mesmo disse.

— Clica logo. Tô quase mijando nas calças.

Obedeci. A janela foi substituída pelo perfil dela.

Tampei a boca com uma mão, parando de respirar. Era ela.

A pele negra, os olhos amendoados iguaizinhos aos nossos e o formato da boca.

— O quê? É ela mesmo? — perguntou Rafael, tenso. Os ombros colados nos meus.

— Olhos e boca iguais — falei, engolindo saliva para aliviar a secura repentina na garganta.

Um novo relâmpago no céu e a chuva começou a cair lá fora.

Loguei o Facebook na minha conta e adicionei ela. Então meu coração deu um salto outra vez, ainda maior, quase escapando pela boca. A sensação me fez descolar os dedos do computador como se ele fosse capaz de dar choque.

— O quê? Ah, cara, vai me falando! — reclamou Rafael.

— Ela tá on-line, cara. Ela tá *on* — falei, assoprando de nervoso. — Ela me aceitou e tá *on* no chat. A gente fala com ela? Ah, caramba.

— A gente fala com ela — respondeu ele. Sim, nervoso também. Mas pelo menos se esforçando para parecer calmo. — Ela não pode deixar pra gente uma mensagem pior do que "babacas covardes".

Decidimos escrever.

"Monique?"

A mensagem foi visualizada. Ela demorou apenas segundos para responder.

"Oi, gato!"

Troquei um olhar engraçado com Rafael mesmo que ele não pudesse me ver.

"Podemos conversar?", escrevi.

"A gente se conhece? O q busca?"

Pensei rápido. Abri uma nova aba e procurei pelo perfil do Rafa. Copiei o link e enviei para ela no chat.

"Acho que sim. Olha esse perfil aqui e depois o meu."

— O que você tá fazendo? — quis saber o Rafa.

— Mandando o nosso perfil para ela — expliquei. — Ela quer saber se a gente se conhece. Vamos ver o que ela vai dizer.

Ela visualizou as mensagens, mas demorou para responder.

O barulho das gotas de chuva chicoteando a janela e a casa pareciam causar um estrago dentro da minha cabeça, me irritando profundamente, enquanto aguardávamos.

Rafael, do meu lado, balançava a perna, coçava a nuca, com o rosto virado para mim. Esperando pela minha reação. Então, ele se levantou, caminhou lentamente até a janela e espalmou as mãos sobre o vidro. Ali foi a primeira vez que percebi o que talvez até agora seja uma das nossas maiores diferenças. O barulho da chuva não parecia incomodá-lo, mesmo ele sendo capaz de ouvir com mais intensidade, todo o efeito da chuva parece ser relaxante, mantendo-o sob equilíbrio.

De repente, Monique deixou uma mensagem antes de ficar offline.

Odeio ser obrigado a ter que transmitir as mensagens ruins que Rafael não pode ler. Por que isso está acontecendo comigo com menos de vinte e quatro horas de recorrência?

Estou escrevendo em você, diário, agora mesmo, desejando com todas as minhas forças não ter lido aquilo. Ou, pior ainda, ter que falar em voz alta para o Rafael entender.

"Mas que inferno. Nunca mais me procurem. Vocês nunca me conheceram. Eu nunca quis ser mãe. Vivam a vida de vocês e me deixem em paz."

30 de dezembro

Eu não dou a mínima pra festa de fim de ano. Nunca dei e não vai ser agora que vou ligar.

Tudo é um bando de falsidade.

Minha vida nunca foi muito mais do que uma montanha de bosta.

Pare de chover!

Falta menos de uma semana para o meu aniversário, mas por que comemorar se eu odeio viver?

31 de dezembro

Esse é o final do ano.
Não tem como comprar vodca por aqui.
    Não tem uma gota de álcool nessa porra dessa casa.
    Estou prestes a matar essa cabra.
    Só queria estar em casa, mas não paro de me lembrar daquilo que ouvi meus pais falarem uma vez. Havia tanta certeza naquele nome, e é por causa dele que escrevo em você.
    Vá para a puta que pariu, diário do inferno. Você só está aqui para repetir meu diagnóstico. Você é apenas um fofoqueiro que quer saber sobre tudo da minha vida.
    Pare de olhar para os meus cortes.
    Estou ficando muito maluco.
    Por favor, me dê um cigarro.
    Dane-se o Rafael.
    Dane-se essa porra de fazenda.

1 de janeiro

Oi, amigo.
Você tem seus motivos para estar bravo comigo. Andei ofendendo você. Eu sei que deveria, simplesmente, não escrever. Mas pareceu injusto não mostrar como realmente me senti nos últimos dias. Eles se arrastaram como semanas para mim. Me sinto como se tivesse vencido um ciclo de abstinência. De drogas, bebidas, sexo, masturbação. Aliás, não me lembro qual foi a última vez que bati uma punheta.

Eu provavelmente não sou o mesmo cara de semanas atrás. Alguma coisa está mudando dentro de mim e, nas últimas horas, eu só quis resistir a tudo isso e assumir quem realmente sou.

Ou talvez eu esteja dizendo besteira.

Eu ouço as paredes dizerem coisas para mim. Carros e motos passando com velocidade na estrada. O sol raiando no mesmo lugar. A imagem de Rafael sorrindo na chuva, e meus frequentes sonhos ninando meu mais novo irmãozinho prestes a nascer. Todos me dizem a mesma coisa e eu não gostaria de dar ouvidos a tantas vozes. Até você, com seus olhos observadores em seu silêncio mortal sussurra para mim as mesmas palavras. Todos me dizem que eu não sei quem eu sou.

— Você quer falar sobre ontem? — perguntou Rafael quando fomos de manhã para o lugar favorito dele. — Você estava bem esquisito.

O sol tinha decidido dar as caras, secando todo resquício de chuva dos dias anteriores. Acordamos mais cedo ou talvez não dormimos. Nossas pernas pendiam no início do penhasco. Rafael usava meias verdes florescentes. O mato escorregadio me impedia de acreditar que estávamos seguros.

— Eu não sei — respondi, contemplando as montanhas além. — Acho que nunca gostei de fim de ano. Me faz lembrar de coisas ruins.

— Tipo o quê?

— Quer mesmo saber? — perguntei em tom de aviso. Ele concordou. — As festas, fumar um beck, bebida. Nada disso tava aqui dessa vez. Foi como se fosse a primeira vez, sabe? E eu senti falta das coisas que eu costumava fazer.

Rafael ficou quieto, balançando as pernas. Virou o rosto para mim e me deixou ver a serenidade em sua expressão, como em tantas vezes antes.

— Fomos criados separados, Lucas. Não temos que ter a mesma personalidade e... eu não quero arrastar você para minha vida. Não é isso.

— Não é isso. Cara, eu sei que tudo o que eu uso para tentar relaxar e ser feliz nunca teve efeito por muito tempo — falei, sorrindo. — É bom no momento, mas eu acho que, no fundo, eu só queria isso aqui, sabe? Um pouco de paz. Estar perto de alguém que se importa... Mais verdade e menos status... sei lá.

— Você se perguntou o porquê de eu também estar mal na virada?

— Por causa da notícia da nossa mãe biológica, ué. Pra falar a verdade, isso foi o início de tudo. Eu ainda tô mal por causa disso.

— Antes fosse só isso — disse ele. — Meu pai morreu no fim do ano, antes do meu aniversário. Sempre me lembro do último réveillon que passei com ele e, eu não consigo explicar, mas essa data ainda me faz mal. A todos nós, na verdade.

Foi minha vez de ficar quieto, sem saber o que dizer.

Às vezes me espanto quando percebo o quanto não penso o suficiente nos outros. Deduzo tudo do jeito que eu quero e me dou por satisfeito. Isso é uma falha bizarra. Preciso mudar.

E mais uma vez, eu não sabia como pronunciar as palavras "sinto muito" ou pedir desculpas. Apenas mudei de assunto com cautela.

— Vai ser o nosso primeiro aniversário juntos — falei. — A gente não pode ficar tão... emburrados, ok? Você é o cara que sabe sorrir.

Mas, naquela vez, Rafael não sorriu. Em vez disso, deixou uma lágrima silenciosa escapar pelo olho aberto. Meu coração se apertou no peito. Ele jogou o corpo para trás e se deitou na grama sem nada dizer. Copiei o gesto dele e ficamos ali.

Eu, olhando as nuvens se moverem carregadas.

Ele, vendo escuridão e vultos.

Deslizei minha mão até segurar seu antebraço e apertei-o com força. Como se pudesse drenar a dor dele até passar.

Meus pais chegaram de viagem hoje à tarde. O pai alugou um carro e dirigiu todos os quilômetros necessários até aqui. A família toda parecia explodir de expectativa para a chegada deles, com exceção de tia Patrícia, é óbvio. Os dois ficarão no meu quarto, aproveitando a cama de casal, enquanto eu vou dormir com o meu irmão.

Quando os dois chegaram, no início da noite, já comecei a rir. Meu pai só podia ter alugado uma Land Rover com tração nas quatro rodas por insistência da minha mãe. Ela devia achar que os Soares moravam no meio de uma selva, ou algo assim. Desnecessário, amigo.

Mesmo hiperdramática, exagerada ou sem senso da realidade, estou feliz pra caramba que ela está aqui, segura e salva. Sua barriga mede mais ou menos o tamanho de uma melancia gigantesca, embora ainda não tenha chegado aos sete meses de gestação.

A família de Rafael deu espaço para que eu pudesse abraçar meus pais primeiro. Não tenho o menor costume de abraçá-los, mas minha mãe estendeu os braços numa cena digna de ir para as salas de cinema do mundo inteiro.

Ela usava um vestido com estampa florida. Meu pai, uma polo vermelha e calças jeans escuras. Fui breve com os dois, ignorando o "Ainda bem que você arranjou um irmão em vez de um filho?" bem-humorado do meu pai ao meu ouvido.

Caminhamos logo para as apresentações e, dessa vez, Rafael não se escondeu para fazer toda aquela cena de expectativa. Simplesmente se misturou entre a família de forma que, quando minha mãe colocou os olhos nele, pareceu ter tomado um tapa no meio da cara.

Ela levou uma das mãos no coração e as pernas vacilaram. Meu pai correu logo para ampará-la, junto com Tio Frank. O choque durou mais de dois minutos. Antes que ela pudesse se recompor, meu irmão foi até ela e os dois trocaram um abraço desajeitado.

— Acudam esse senhor também, gente, pelo amor de Deus — pediu Patrícia, com voz cansada, apontando para o meu pai.

De tão pálido, ele parecia ter visto um fantasma. Na hora, cobri o rosto com as mãos e não consegui mais controlar a vontade de rir. Rafael perguntou se podia tocar na barriga da minha mãe e ela derramou um rio de lágrimas. Sem zoeira nenhuma!

Bem, meu *brother*, o restante da noite foi como eu tinha esquecido de imaginar que poderia ser. Minha mãe ama emoções e fazer novas amizades e falar pelos cotovelos. O que explica as horas e horas que ela passou conversando com Dona Ana e vó Telma na sala. Patrícia a mirava de longe, agarrada ao seu bebê, fazendo cara de quem comeu e não gostou. Meu pai conversou comigo num jogo rápido e depois que conheceu o tio Frank, foram para a varanda e bateram papo tanto quanto as mulheres.

Eu e Rafael acabamos ficando na sala, atingidos pelo controle universal que minha mãe adorava impor em todos os relacionamentos e conversas. Rafael relatou coisas diferentes sobre a cegueira: as dificuldades de locomoção, a falta de apoio à acessibilidade, o descaso do Governo, a falta de inclusão em uma série de pontos que eu não tinha parado para pensar, mesmo refletindo sobre as dificuldades de ser cego praticamente todos os dias desde que eu o conheci.

Provavelmente por causa da sensibilidade gerada pela gravidez, minha mãe derramou lágrimas diversas vezes. Apertava minha mão, sorria para Rafael; às vezes, parecia extasiada a ponto de explodir em choro.

Não preciso mencionar a fartura de comida. Dessa vez, um jantar interrompido por sequenciais desculpas de Dona Ana e vó Telma por não poderem oferecer nada melhor para pessoas tão finas como meus pais.

— Eu amei ele, Lucas. Amei! Vocês são tão diferentes e tão... iguais — disse ela, apertando as bochechas e sorrindo.

Eu tinha acabado de levar os dois ao quarto onde me instalei desde o primeiro dia. Ainda me pergunto a razão pelo qual ela trouxe tantas malas, se vamos embora logo depois do meu aniversário.

— Ainda bem que temos boas notícias sobre a cirurgia dele — disse meu pai, animado, sentando-se na cama e tirando os sapatos com expressão de alívio.

— O quê? Notícias boas? Vocês não me contaram! — reclamei diminuindo a voz.

— Uma coisa de cada vez — disse minha mãe, andando até a cama com passos espaçados, apoiando as mãos nas costas. Parecia pronta para parir a qualquer momento. E ainda não tinha completado sete meses ou sei lá quantas semanas, caso eu ainda não tenha dito isso.

— O que vocês conseguiram? — perguntei, entusiasmado.

— Seu pai falou sobre o Rafael com um amigo cirurgião em São Paulo. Mostrou os exames e a papelada. Ele indicou um outro médico de uma clínica especializada nesse tipo de exame, aqui no Rio. Quero dizer, lá no Rio.

— Sério? — perguntei alternando o olhar da minha mãe para o meu pai. Ambos sorriam e observavam minhas expressões milimetricamente. — E aí?

— Quem de importante no mundo nunca foi cliente de Marília Montemezzo? — brincou meu pai.

— A mãe do doutor Caio Abelardo foi minha cliente — pontuou ela, se inflando de orgulho. — Trabalhei no projeto de três das casas dela. Ficou tão maravilhoso que eu poderia me mudar pra qualquer uma delas hoje mesmo.

— E esse Caio Aberrado é o cara que pode fazer a — e abaixei ainda mais o tom — cirurgia do Rafael?

— É possível — respondeu ela, com um sussurro animado. — Ele tem uma clínica respeitada. Já até falei com ele a respeito. Quando soube que era um pedido para a família Montemezzo, ficou honrado, querido. Praticamente já temos a córnea.

— Nossa. Tudo tão rápido assim? — perguntei um tanto desconfiado.

— Sua mãe é muito otimista quando quer — disse meu pai, tirando as meias. — O menino tem muita chance de entrar para o topo da fila para os transplantes. Mas isso não quer dizer que está tudo cem por cento certo, positivista.

— Eu ainda não perdoei você — disse ela para o meu pai com um olhar gélido. Depois, voltou-se para mim. — O Rafael vai precisar fazer alguns exames, conversar com o médico, passar por todo o procedimento, até porque o doutor precisa ver o paciente ao vivo, examinar, tudo direitinho — explicou ela. — É claro, se o Rafael aceitar, não é mesmo?

— Aliás, vocês dois têm que fazer exames — ressaltou meu pai, testando as molas da cama subindo e descendo o corpo. — Precisamos reunir tudo o que comprova a semelhança de vocês.

— Cara, isso é maravilhoso — falei, olhando de um para o outro, sem acreditar no que meus ouvidos captaram. — Quando podemos contar a eles?

Minha mãe deu de ombros.

— Quando você quiser. O doutor está esperando um sinal meu. É o mínimo que a gente pode fazer para ajudar seu irmão, Lucas. O valor da cirurgia não é muita coisa. Vocês viram como ele é um querido?

— É, Lucas, você estava certo. Não tem como ter dúvida. Pode até ser mais simples e ter o jeito diferente do seu, mas ele é teu irmão gêmeo, filho. E se ele é seu irmão de sangue, é nosso filho também — alegou meu pai, puxando um cigarro do bolso e saindo para fumar.

4 de janeiro

Olá, amigo.
Estive ocupado tentando encontrar uma forma de conversar com o Rafael sobre a cirurgia e o transplante. Sei que parece uma bênção e tudo o mais. Só não tenho certeza de que você compreenda muito bem a dificuldade que é atravessar uma barreira construída por meu irmão quando ele não quer falar de um assunto. Existe um trauma por trás disso e ninguém melhor do que eu para saber o quão ruim é ter uma pessoa tentando invadir sua bolha.

Isso me faz aprender mais sobre ele e sobre mim.

Faltam dois dias para o nosso aniversário. Com minha mãe por aqui, qualquer decisão sobre festa ganha o dobro de velocidade na execução.

Na verdade, para os olhos das pessoas comuns, não tem nada muito difícil para escolher. Tem gente o suficiente nessa casa, o que significa que nós mesmos seremos os únicos convidados e ponto final.

Apesar de ser um cara popular, Rafael tem poucos amigos e não fez questão de chamar nenhum deles.

Para minha mãe tudo é diferente. Com uma prancheta apoiada na barriga, ela já deu voltas e voltas nesta casa enorme, tirando fotos com o celular. Pareceu bem sincera ao jurar ter adorado o charme do casarão antigo com um "potencial absolutamente estrondoso para uma senhora festa de aniversário".

Construiu então uma lista incrível de enfeites e ideias. Ontem, saímos para comprar lâmpadas, gambiarras, guardanapos e um monte de outras coisas no Rio.

Não posso enganar ninguém dizendo que não foi bom ver a vida urbana de novo. Apesar de estarmos no início do ano e o número de pessoas trabalhando ser reduzido, tudo pareceu diferente do interior. Shoppings, pessoas, ônibus, buzinas, música, lojas. Meus pais até pensaram em convidar gente para a festa. Só mudaram de ideia depois de não conseguirem equacionar o problema da distância numa época em que as pessoas normalmente estão viajando.

Na primeira noite, minha mãe foi amável e superamiga da avó e Dona Ana. Hoje, já não sei se é a mesma coisa. Eu falo para você desde o início. Ela não é uma pessoa fácil de se lidar. Está controlando tudo o que pode. Não para em casa, vive saindo com meu pai de carro para resolver as coisas da festa, sua dieta de grávida precisa ser mantida e ela não para de fazer desfeita quanto às refeições da casa, encontrou um cômodo para empilhar compras, está colocando até o Joelzinho para trabalhar.

Meu pai vive insistindo que ela não pode fazer tanta coisa ao mesmo tempo e que precisa descansar e dar um tempo para o bebê. Todos na família querem dizer o mesmo, mas não tenho certeza se eles estão dispostos a falar isso na cara dela. Dona Ana e vó Telma sorriem e tentam interagir, fingem que não estão precisando fazer um grande esforço para continuarem simpáticas, cedendo espaço, tentando acompanhar, se submetendo às intenções sutis e competitivas de Dona Marília Montemezzo. Mas a mim elas não enganam, porque eu conheço bem essa pecinha que me adotou. Conheço *bem*. Estou grifando pra ficar bem claro. Bem, bem, bem. Por enquanto, não vou me meter.

Hoje à noite, o tio Frank resolveu levar a gente para um parque de diversões chamado PlayCity, há uma hora e meia daqui. Montaram o parque dentro do estacionamento do shopping aonde fomos nas vésperas de Natal.

Meu pai acabou ficando com minha mãe já que ela não quis ir, finalmente, alegando cansaço. Então, além de mim, Frank só levou Rafael, Charllotte e o Jamilson, aquele amigo dela.

Joelzinho ficou nos espiando da sala desde a hora em que entramos no carro. Eu podia ler na testa dele a vontade imensa de ir junto, mas o moleque insistiu até mesmo para a mãe, alegando não estar afim. Rafael brincou dizendo que tinha algo por trás disso, mas se ele pudesse notar o olhar intenso que Charllotte trocava com o gorducho, não diria nada em tom de brincadeira. Tinha coisa ali, sim.

Jamilson se sentou no meio do banco de trás, de pernas abertas. Logo envolveu a cintura de Charllotte com um braço ágil e ficou alisando a perna dela com a outra mão. Não chegaram a se beijar. Tio Frank a espiava vez ou outra pelo retrovisor do meio. Rafael ia no banco do carona fazendo imitações hilárias da minha mãe falando rápido demais e do resquício do sotaque de Portugal já incorporado na fala dela.

Vira e mexe eu passava os olhos rapidamente em Charllotte e a forma com que ela olhava para Jamilson me lembrava de algumas garotas com quem eu fiquei sem estar nem um pouco afim. Mas ali, fingi que nada vi.

Ah, acho que já falei sobre o quanto tenho descoberto que se sentir útil é um sentimento recompensador. Você deve entender bem sobre isso, já que você é feito de páginas em branco ávidas por meus garranchos em caneta. E isso é extremamente útil.

Um dos meus novos hábitos mais legais é o de descrever os lugares para o meu irmão. Isso combina com quem eu sou. Como um cara que fala pouco, preciso observar os detalhes ao meu redor e sempre passo um bom tempo fazendo isso. Desde pequeno ouço as pessoas me chamarem de introspectivo ou calado, mas eu só acho que todo mundo poderia calar a boca quando não se tem nada a dizer. Calar e observar. Porque as coisas também falam. Tudo fala o tempo todo, e eu me amarro em estar atento para ouvir.

Rafael nunca tinha ido ao parque antes e eu aproveitei para explicar que aquele ali não era nenhum Beto Carrero ou Disney, a maioria dos brinquedos tinham sido postos ali para nos deixar tontos e a ponto de vomitar. Entretanto, os varais de lâmpadas em sequência que se entrelaçavam por toda a parte enchiam as barraquinhas de luz e ajudavam a montar um ambiente alegre e descontraído. Contei para ele como a lua brilhava forte, derramando aqui embaixo toda sua luz surpreendente, e como as estrelas resolveram aparecer cedo. E também tinham os brinquedos em si, piscando com minilâmpadas de inúmeras cores, e as carrocinhas de pipoca se responsabilizando pelo cheiro delicioso pelo parque.

Tio Frank se recusou a entrar nos melhores brinquedos, revelando o seu medo de altura. Isso significa que ele perdeu os únicos que eram realmente legais: Kamikaze e Evolution. Esses dois te jogavam de cabeça para baixo um zilhão de vezes, girando pelo alto, voltando para baixo e sacudindo seu corpo.

Rafael gritou feito doido. Só gritei porque ele gritou. Acabei descobrindo que era divertido gritar de cabeça para baixo mesmo quando o brinquedo nem era lá tudo isso. Foi hilário e relaxante.

Charllotte parecia tão *down* que não soltou uma palavra sequer em inglês. De cara emburrada, ela dividiu todos os brinquedos com Jamilson. E esse aí, sim, vomitou pelo menos umas três vezes, sendo uma delas em cima do casacão preto da ficante. A melhor piada que eu consegui emplacar com todo o meu humor latente foi: "menos cinquenta pontos para a Grifinória." Mas a pergunta do Rafael me fez murchar de imediato. "O que é Grifinória?" Puta merda. Como alguém não sabe o que é Grifinória?

Seguindo a melhor ordem para o tipo de passeio, só decidimos comer e beber alguma coisa depois de curtirmos todos os brinquedos possíveis.

Já fazia alguns dias desde que eu tentava encontrar o melhor momento para conversar com o Rafael sobre ter roubado os documentos médicos dele e ter passado para meus pais. Então aproveitei a ida do tio Frank com o casalzinho sem-vergonha para dentro do shopping e avisei que eu e meu irmão seguiríamos depois.

— O que houve? — perguntou Rafael, fazendo uma expressão de desentendido.

— Precisamos conversar sobre uma coisa que eu fiz — falei, observando o tio Frank, Charllotte e Jamilson sumirem do parque pelas portas automáticas. — Quero sentar pra falar.

— Tudo bem — disse ele, sendo conduzido por mim para um dos bancos de praça, longe das caixas de som que agora tocavam pagode em alto e péssimo som. — Aconteceu alguma coisa, Lucas?

— Não. Na verdade, aconteceu — me embaralhei, nervoso. — É sobre a cirurgia.

Rafael não mudou a expressão nem nada. Apenas me esperou continuar.

— Tô tentando te dizer isso há um tempo, mas... bom, eu contei para os meus pais sobre o transplante de córnea e a possibilidade de você voltar a enxergar – falei. O peso escorregou dos meus ombros para o chão instantaneamente. – Contei antes que eles chegassem.

— E daí? — perguntou Rafael, erguendo as sobrancelhas, mantendo o rosto pacífico.

— E daí que eu fui muito específico porque peguei seus encaminhamentos e todos os exames no seu quarto – falei, fazendo uma careta horrível de medo. – Ah, cara, foi mal. Eu deveria ter te contado antes, mas... eu sabia que você não ia deixar. Tirei foto de tudo e mandei para minha mãe, só porque ela ficou interessada também.

Se Rafael ficou surpreso, não demonstrou. Também não sorriu como de costume, me forçando a continuar em tom de desculpas.

— Minha mãe viu os exames e começou a falar com a rede de contato dela e... cara, tem uma pessoa aqui do Rio que pode ajudar – falei, tentando conter o entusiasmo só de mencionar o assunto. Me aproximei dele um pouco mais. – Tem um doutor aqui que é amigo dos meus pais, a mãe dele foi cliente da minha. Ele é cirurgião dessa área, trabalha num hospital referência e disse que pode ajudar.

Rafael nada falou. E eu continuei.

— Eu tô estudando sobre o seu caso há dias, cara. É comprovado que essa cirurgia funciona na maioria dos pacientes. Na verdade, é bem simples. Claro, você tem que fazer novos exames, não temos um diagnóstico recente e tal, mas existe uma chance, Rafael. Esse médico pode te ajudar.

— Existe uma fila para o transplante, Lucas e...

— Você não tá entendendo direito – insisti, me aproximando mais. Tentei falar mais devagar, ser mais enfático. – Rafael, esse médico é amigo dos meus pais. Cliente VIP. Ele consegue colocar você na frente e arrumar isso. E antes que você reclame, não é por uma questão de dinheiro ou nada parecido. É só um favor que ele faria — enrolei.

Rafael se mexeu no banco, desconfortável.

— Não faço nada ilegal, Lucas.

— Vamos conversar com os meus pais. Mas nada disso é ilegal. É uma chance que você tem de voltar a ver. Deixa eu falar — acrescentei quando ele fez menção de me interromper — porque se os exames novos comprovarem que você tem uma urgência maior... não sei, talvez você precise de intervenção mais rápida. Eu não sei.

— Não tenho dinheiro para pagar.

— A gente não tá falando sobre dinheiro — expliquei, balançando a cabeça. Dando uma pausa. Dando um tempo para ele respirar. — Se você não aceitar isso como presente da minha família, vai me fazer conviver com essa dor para o resto da vida. Sabendo que a gente podia ter tentado, entende? Que você poderia ter arriscado. Você não tem *nada* a perder. Você é meu irmão.

Rafael fechou o olho e suspirou me deixando perceber que ele ainda reage com os olhos como quem pode enxergar. Enquanto eu observava as expressões dele de indecisão, tentava me lembrar da última vez que eu me importei tanto com alguém além de mim.

Eu poderia argumentar e implorar por uma noite inteira. Me ajoelhar e quem sabe até puxar um choro. Só queria que ele dissesse "sim" como eu estava dizendo desde o início. Sim a uma experiência fora da minha zona de conforto. Sim às mudanças. Sim às novas tentativas.

— Você tem medo de quê? — perguntei em insistência.

Ele demorou para me responder.

— De criar expectativa por algo que não vai funcionar. Como aconteceu com o meu pai.

— Eu sei — assumi, enchendo minha fala de pausas. — Sua mãe me contou. Mas, cara...

— Eu sei o que é enxergar, Lucas. Sei o que eu vejo agora. Os vultos estão desaparecendo a cada dia. Daqui a pouco eu não verei mais nada.

— Você pode ser dono dos seus olhos, mas você não é um *médico* — contrapus, firme. — Deixe que quem entende disso diga alguma coisa, cara. E se você não puder fazer isso por si mesmo, então faça pelas pessoas que te amam. Sua família, minha família. Por mim, cara. Diga que vai dar uma chance e faremos isso o mais rápido possível. Faremos isso juntos, ok?

Ele não chegou a dizer que sim, mas respirou fundo e forçou um sorriso esquisito. Do rosto dele fluía um vislumbre de tensão e indecisão.

Encarei sua expressão como um sim.

Querido amigo, Rafael vai voltar a ver!

6 de janeiro

Parecia quase uma festa de casamento, com luzes, painéis, cubos de palha, uma mesa decorada para as comidas e bebidas, vários dos meus raps favoritos tocando.

Vendo o trabalho pronto, com certeza Dona Ana e Vó Telma aprovaram todo o esforço e trabalho louco de minha mãe. Ela é profissional nesse lance e transformou a casa e o quintal em uma festa descolada na fazenda.

Só não foi responsável pela bomba. Isso mesmo, a bomba. Você já recebeu uma de presente de aniversário?

Eu sei que não, porque embora você conheça todo mundo que eu conheço, sou a única pessoa que sequer já olhou para você. E eu não seria mau no nível de fazer isso contigo no teu aniversário.

Mas, cara, eu recebi. Acabei de receber. Eu e o Rafael. Parabéns para nós dois de uma única vez. Essa festa de aniversário em plena sexta-feira ficará marcada para sempre.

Às vezes, é difícil acreditar em tudo o que estou vivendo. Olhar para esse cara e me conformar que existe uma pessoa idêntica a mim na face da Terra, e que fomos reunidos por uma coisa meio que do destino.

Estou escrevendo isso agora e pensando no quanto tudo é esquisito, no quanto a gente tem conversado sobre cada detalhe, eu e ele. Não dá pra escrever metade de nossas falas aqui.

A quantidade de coisas conversadas e vividas nos últimos dias... O quanto cada dia tem sido louco e surpreendente. O quanto me sinto estranhamente completo ao lado do Rafael porque, cara, ele é feito de um monte de emoções, ações e pensamentos que eu não tenho. E isso parece um presente divino.

Foi como fazer aniversário junto com a outra metade de você. Atenção, presentes, constrangimento, elogios, tudo dividido. Acho que ter um irmão gêmeo será como ter um parceiro de vida. Pelo menos até agora está sendo.

— Tenho uma novidade pra contar — ele me disse, me pegando de surpresa enquanto eu fazia um pratinho de salgadinhos na cozinha. Aquilo era melhor do que canapés e todas aquelas coisinhas de vento incapazes de encher barriga.

— Sério? Eu também tenho.

— É sobre a cirurgia — ele falou com um sorriso tímido.

— Eu também! — falei, animado. — Fala, então.

— Me arranja alguma coisa legal de comer! — falou ele, sentindo o cheiro dos salgadinhos que eu reunia para mim. Dei a ele o que escondia um camarão por dentro. — Tá. Eu contei para minha mãe sobre minha decisão e a cirurgia.

— Sério? — perguntei, de boca aberta. Olhei para os lados, mas todos se reuniam na sala, varanda e arredores. A música não tocava muito alta, mas talvez no volume suficiente para nos abafar. — Bom, já estava na hora. E aí? O que ela achou?

— Ela até chorou. Ela tá muito feliz. Todo mundo já sabe e... eu acho que todo mundo ficou sem graça e ao mesmo tempo agradecido. Menos alguém...

— A tia Patrícia — falei revirando os olhos.

Nós dois rimos. Na verdade, ele começou a sorrir. Só acompanhei.

— Então eu contei para os meus pais sobre o que a gente conversou. E, amanhã é sábado, mas o doutor Caio quer ver você e começar os exames.

— Sério? Tão rápido assim?

— Relaxa, são só os exames. Ainda não é a cirurgia, claro.

— Eu sei.

— Mas ele já adiantou que se estiver tudo bem, dá para fazer tudo ainda esta semana. Incluindo o transplante.

— Sério? Caramba — respondeu ele em visível e automática aflição.

Aí, vou te confessar uma coisa. Eu tive a maior vontade de dar um abraço nele, porque ele tem chances de voltar a ver! Às vezes, parece que nosso sentimento de intimidade é mais antigo do que a quantidade de tempo em que a gente se conhece. Isso me limita um pouco. No fim das contas, me conformei em dar dois tapinhas no ombro do meu irmão e pedi para ele deixar de lado o medinho de bisturi.

A festa começou lá para as sete horas e se arrastou pela noite. Praticamente todos os Soares me deram presentes de novo, incluindo um quadro com os nomes "Lucas e Rafael" escritos em uma tipografia bonita. Esse foi o da família do tio Frank. Meu pai me deu um paletó que eu não fazia ideia de quando iria usar. Minha mãe comprou um relógio, alegando que o presente mais legal tinha ficado em casa por conta da dificuldade em trazê-lo.

Ah, antes de falar da bomba, como eu poderia esquecer! Charllotte me puxou pelo braço e me pediu para ir com ela até o andar de cima.

Amigo, eu gosto de você porque você não conta pra ninguém os meus segredos, e acredita na maioria das coisas que eu falo. Então, acredite quando escrevo jurando de pés juntos não ter maldado o gesto, cara. Mesmo tendo a mente suja e nada confiável, por alguma razão, não vi maldade naquele momento. Agora, enquanto escrevo, penso melhor no quanto eu deveria ter sacado, porque tudo estava evidente ao meu redor. A saia muito curta deixando as pernas grossas à mostra, o decote da blusa ou a forma como ela rebolava demais enquanto subia as escadas.

No meio do corredor escuro, Charllotte me pressionou contra a parede e colou o corpo no meu, segurando minha cabeça e juntando a boca com a minha. Nos primeiros segundos, eu nem reagi, assustado. Ela não desistiu. Colou o corpo em mim com ainda mais força, me deixando sentir o perfume enjoativo e o cheiro esquisito de suas roupas velhas. Mas a verdade é que ela é bem gostosa e eu não resisti.

Deslizei os dois braços, enlaçando as costas dela, apertando-a ainda mais. Abri mais a boca até a língua dela escorregar toda por entre meus lábios. Mexi a cabeça devagar, procurando o encaixe perfeito. Mordi o lábio dela e senti-a estremecer aos meus toques. Ela continuou me beijando por um tempo. Mantive as mãos prendendo-a comigo, imaginando se ela gostaria de ir para o quarto. Imaginando se alguém naquela casa tinha camisinha em algum lugar.

Mas daí, ela diminuiu a velocidade, e do nada fungou. Foi se afastando aos poucos. Abri os olhos e o brilho de suas lágrimas me fez desistir de continuar. Franzi a sobrancelha e lá estava o sorriso de galã impresso em meu rosto.

— Será que eu beijo tão mal assim? — perguntei, em tom baixo.

Ela não quis me encarar. De cabeça baixa, secou as lágrimas, ajeitou a saia, se esforçando para parar de chorar.

— Sempre sonhei com esse dia, mas aposto que ele nunca me beijaria assim — disse ela, num tom constrangido.

A ficha caiu, me fazendo erguer as sobrancelhas com surpresa, sorrir desajeitado, respirar para deixar o afloramento ir embora. Se é que você me entende.

— O Rafael, né? — falei, encarando-a. — Sei que você gosta dele. Só não sei por que você não vai lá e diz isso para ele. Ou então vai pra cima dele do mesmo jeito que...

— E acabar com a nossa amizade? — indagou ela, me olhando nos olhos pela primeira vez daquele momento. O lápis de olho preto borrado só acentuava sua cara de desolação. — O Rafael não é cego pra isso. Ele sabe muito bem. Depois de tudo o que já fiz, aturar o *asshole* do Jamilson... Já fiz de tudo pra impedir ele de ficar com outras meninas.

— Fez o quê? Peraí...

— É, fui eu mesma — disse a garota, sem pudor. — Ouvi quando você se passou por ele com a santinha da Lilian no telefone, marcando um encontro. Eu estraguei tudo.

— Caramba, você quer dizer que...

— Contei para ela que no telefone era você e não o Rafael. Falei que vocês iriam fazer uma brincadeira com ela — confessou ela, me encarando com os olhos tão esverdeados quanto ressentidos e choramingosos. — Que você era *trouble*. E provei que o tio Frank não planejava dar carona nenhuma pra ela. Foi por um bem maior.

— Ah, claro... Eu sabia que tinha algo de errado nisso. Babacas covardes — falei, passando as duas mãos no rosto, indignado. Respirei fundo. — Charllotte, essa merda não ajuda em nada, sabia? Como quer que ele te veja com outros olhos se você o afasta de quem ele gosta?

— Eu sei — disse ela, incapaz de se defender ou manter uma pose de correta. Dois novos fios de lágrimas brotaram pelos olhos dela e desceram pelo rosto, aumentando os rastros de lápis de olho. — Acho que beijar você foi o mais próximo que eu já pude chegar. Então... obrigada. Por favor, pode descer.

Minha boca torceu em um bico de lado. Balancei a cabeça tentando entendê-la sem julgamentos, constrangido por estar exposto às lágrimas dela.

Num flashback indesejado, pude ver Pedro e Susi se beijando em minha frente, excitados um com o outro, sem o mínimo de respeito por mim, se agarrando com a pressa de quem espera que o mundo vá acabar.

Charllotte me puxou para a realidade, insistindo para que eu descesse. Mas eu não me movi antes de dizer que ela é muito mais bonita quando deixa transparecer quem realmente é.

Não me lembro de vê-la de novo esta noite. Nem mesmo quando ele chegou no carro velho, buzinando da cerca. O homem de blusa xadrez e calça jeans. Deixou o carro lá mesmo e atravessou o quintal com passos calmos, sem pedir licença.

Tio Frank foi o primeiro a correr ao seu encontro como defensor da família. E foi também o primeiro a ver o que todo mundo viu depois. Algo que o fez travar os pés no mesmo lugar e deixar o homem continuar caminhando até os degraus da varanda, onde quase todos os convidados o encaravam.

— Meu nome é Luis. Eu sou o pai de vocês — revelou ele, apontando para mim e meu irmão.

Minha mãe brotou do meu lado. Rafael, imóvel, tentava ouvir o máximo possível ao redor. Meu pai adotivo tomou a dianteira, balançando a cabeça com firmeza.

— Vamos com cuidado, aí, cara. *Eu* sou o pai deles — disse ele, mesmo não sendo pai do Rafael. Observei-o admirando pela defesa. A forma como estufava o peito por cima da barriga gorda, mesmo quando o rosto empalidecia ao notar a similaridade entre mim, Rafael e o tal do Luis.

— Biológico, desculpe — falou Luis, em tom de conciliação.

Eu queria dizer para Rafael que apesar de ter a pele bem mais clara, não havia como negar. O formato da cabeça, o nariz, e mais alguma coisa muito forte no jeito dele denunciava nosso compartilhamento de DNA.

Não consegui tirar os olhos do homem. A vergonha e o nervosismo escritos no olhar cabisbaixo e na respiração angustiada dentro do peito. Ele disse "o pai de vocês". Sabia que somos gêmeos. Como tinha nos encontrado? Como sabia onde estávamos e com que autoridade chegou assim, falando a verdade, acabando com o aniversário dos filhos que abandonou? Pensar nisso ainda me faz querer perder o controle.

— O que você quer? — a pergunta escapou dos meus lábios, atraindo a atenção dele.

— Conversar — respondeu ele, se esforçando para sustentar meu olhar. — Olha, sei que não sou bem-vindo, nem deveria aparecer sem avisar... mas... eu não tenho conseguido dormir desde que soube que vocês contataram a mãe de vocês. Precisei vir aqui pra ter um papo como homem.

Apertei um lábio contra o outro, evitando olhar ao redor.

— Vocês falaram com a mãe biológica? — perguntou Dona Ana, segurando Rafael pelo ombro.

— Vou te matar — avisou minha mãe atrás de mim, entre os dentes.

O burburinho começou. Meus pais perguntando o que eu e Rafael tínhamos feito. Luís encolhendo os ombros e me devolvendo uma cara arrependida.

— Vamos ouvir o que ele tem pra dizer, ué — falei, dando as costas para o cara e voltando para a sala.

Um minuto depois, ocupávamos os sofás, poltronas e pufes da sala. Preferi ficar em pé, de braços cruzados, tentando entender o que se passava dentro de mim, pela primeira vez diante do homem que possibilitou minha vinda ao mundo.

— Eu não sabia que um de vocês era cego... — iniciou ele, com a voz abatida, sem conseguir tirar os olhos do Rafael.

— Mãe, traga um copo de água para ele — pediu Dona Ana à vó Telma. — Vamos combinar que é mesmo inapropriado o senhor vir aqui, no aniversário do meu filho, sem avisar, sem se comunicar antes... O senhor deve estar brincando.

— Aniversário de vocês? — a pergunta escapou pela boca transtornando-o ainda mais. Vó Telma trouxe um copo de água para o homem, que bebeu em um único gole.

— A nossa mãe biológica está no carro lá fora? — perguntou Rafael. — Porque você disse que nos achou por ela, então...

A pergunta do meu irmão foi morrendo ao encontrar o silêncio horrível que se seguia após todas as falas daquele momento. Não perdi tempo, nem fui discreto. Andei até a porta da varanda e olhei para fora, apertando os olhos para enxergar o carro lá na cerca. Não tinha ninguém ali.

— Ela só me disse onde era... — respondeu ele. — Por incrível que pareça, ela lembra exatamente desse lugar. Me deu as referências certinhas. Foi aqui que ela deixou um de vocês.

— E por quê? — perguntei, de volta à sala, antes que alguém soltasse as perguntas. Tanto meus pais quanto a família do Rafael pareciam inconformados a ponto de avançarem no homem a qualquer momento. — Por que você não diz logo o que aconteceu? Sabia que abandonar um filho é um crime?

— Há vinte anos eu era muito mais covarde do que hoje eu sou. Sinto muito pelo que aconteceu — respondeu ele, incapaz de me encarar. — A Monique tinha acabado de chegar no Rio, a gente se conheceu, ela ficou grávida. Mas já era alcoólatra desde muito nova... Cigarro, bebida, tudo isso... mesmo na gravidez.

Engoli em seco, desejando que vó Telma me trouxesse um copo de água também. Os olhos do meu pai queimavam em cima de mim. Minha mãe se levantou do sofá com aquela barriga estufada, mas ninguém deixou ela ficar em pé. Vovô Garoto apareceu com água para ela e eu quase pedi para dividir o copo.

— Acontece que eu nunca quis o bebê... e... eu pensava que era um só. Ela nunca me disse que eram dois. Ela sabia que eu não queria nem um. Porque... a gente tinha um caso — disse ele, olhando para o chão, balançando a perna de nervoso, ridiculamente igual a mim. — Eu tinha minha esposa e meu filho. Não poderia assumir nada. Eu disse que ela tinha que se cuidar para nada de errado acontecer. Eu avisei.

— E então vocês me entregaram pra adoção e abandonaram meu irmão — completei, arrependido por ter pedido para ouvir a história.

Luis fez que não com a cabeça.

— Ela fez isso. Eu não — respondeu ele, tomando forças para encarar as pessoas na sala. — Não sei o que aconteceu depois. Quando ela contou que ficou grávida, eu larguei ela. Não tinha como a gente continuar.

— Nunca vi um homem tão covarde — disse Dona Ana, cruzando os braços com uma força descomunal. — Você abandonou uma mulher grávida de gêmeos? Como ela ia se virar? Ela tinha onde morar pelo menos?

Mas tudo o que Luis fez foi rir.

— Vocês não têm ideia de quem ela é. De quem *nós* éramos — disse ele, se movendo na poltrona com incômodo. — A casa da Monique eram os becos. Qualquer lugar onde tivesse cachaça ou uma pedra de crack. Eu a encontrava na rua, na favela. Ela não podia ter se apaixonado por mim.

— E você nunca mais a viu desde que a gente nasceu? — perguntou Rafael, olhando para o nada.

— Eu nunca mais apareci na favela — respondeu ele, passando as mãos no rosto. — Nunca mais. Não sei como a história terminou, mas segui com a vida. Nunca mais ouvi falar dela, até alguns dias atrás.

— Mãe, eu joguei o nome dela no Facebook — falei logo, antes que a minha mãe fizesse qualquer drama.

— A gente fez isso junto — assumiu Rafael.

Minha mãe se sentava de pernas abertas, apoiando os cotovelos nas coxas e enfiando as mãos entre os cabelos, bem deselegante. Ela apenas encarou Luis, esperando ouvir como ele continuaria.

— Ela conseguiu me encontrar pela internet e me contou que eu tinha dois filhos gêmeos, que ela tinha abandonado os bebês e que se eu quisesse ter a chance de um dia encontrar vocês... talvez fosse justo. Ela me disse como fazer. E... eu não consegui dormir desde então...

— Você sabia que ela tinha ficado grávida e mesmo assim nunca procurou — interrompi. — Nunca mandou dinheiro ou ajudou com alguma coisa. É isso? Você nunca deu a mínima para gente, mesmo sem saber que éramos dois. Então... cara, não dá pra entender o que você tá fazendo aqui agora...

Todos na sala olharam para mim e depois fixaram os olhos nele, à espera de sua reação ou explicação.

O homem apenas mexeu a cabeça em negação. Deu de ombros, crispou os lábios, olhou para Rafael e para mim por um longo instante.

— Só vim olhar vocês uma única vez porque ela disse que vocês pareciam comigo e...

Suas palavras vazias se perderam no ar. A essência de quem meu pai biológico, de fato, é, se espalhou pela sala causando mal-estar.

Ele é um homem irresponsável, que se importa mais consigo mesmo do que com qualquer outra pessoa. É um homem covarde, imaturo e inconsequente.

E eu devo repensar sobre o valor que dou aos meus verdadeiros pais.

Não quero ser egoísta como esse homem que se parece fisicamente comigo.

7 de janeiro

O doutor Caio Abelardo atendeu o Rafa mesmo sendo sábado, logo pela manhã, bem cedo. Ele passou por uma bateria de exames que durou várias horas. Estou agradecendo a Deus por isso, porque está servindo para ocupar a mente da família e abafar um pouco a noite passada.

Meus pais levaram o Rafael e sua mãe para o hospital e a gente praticamente não se falou. Hoje, tive muita vontade de ir para o lugar favorito do meu irmão. Suspeito que esteja virando o meu lugar também.

Minha mãe me avisou que comprou nossas passagens de volta para Portugal para o dia 12 de janeiro, daqui a uma semana. Não sei se quero ir. Também não sei se quero ficar porque, apesar de tudo, ainda me sinto meio como um convidado.

Não sei se você vai imaginar que é cedo demais para dizer isso, mas a verdade despreza qualquer contra-argumento: não imagino mais minha vida longe do Rafael. Vivemos separados por tempo demais. Não podemos fazer isso de novo.

Eu ainda não conversei com ele sobre isso. Já comentei que gostaria de passar um tempo em Portugal com ele, mas não foi um assunto muito sério.

Preciso dar continuidade à faculdade. Ele precisa decidir o que quer fazer da vida. Podemos ajudar um ao outro. Não consigo mais viver minha vida sem pensar no que ele está fazendo, quem está o ajudando a se mover, o que ele tem em mente...

Ontem à noite ele ficou tão calado sobre a visita do nosso pai biológico, se é que eu posso chamá-lo assim. Antes de nos dar as costas, Luis puxou um papel do bolso e entregou na minha mão. Foi o contato mais próximo que eu tive dele, tocar na ponta dos seus dedos.

O papel trazia o nome da minha mãe biológica acompanhado do endereço. Quando vi, fechei os olhos sentindo uma pontada triste no coração. A primeira coisa que eu fiz foi andar até o Rafael e cochichar: "Ele deixou o endereço da nossa mãe biológica." Mas ele nada falou.

Hoje, quando chegou dos exames, Rafa parecia animado, mas também exaustos. Todos estavam cansados e foram pra cama cedo.

Antes de dormir, ele me mostrou um colírio antibiótico que deveria ser utilizado um dia antes da cirurgia e falou dos esporros oferecidos pela equipe médica, dizendo que ele não poderia ter ficado tanto tempo sem tentar a cirurgia mesmo que fosse pelo SUS. O caso dele se agrava cada vez mais e o transplante não poderá garantir o retorno completo da visão. Ainda assim, é um caminho. Aliás, o único. E há chances!

Segundo o médico, a visão melhora gradualmente. Papo de meses ou até mais de um ano. Ele vai levar pontos dentro do olho e a sutura vai ficar ali durante muito tempo. Pelo menos, o doutor garantiu não haver o menor incômodo.

Meu irmão foi dormir sem tomar banho. Apenas retirou as meias encardidas e caiu morto na cama.

Joguei várias partidas de dominó com Vovô Garoto, assistido por Lolita num canto da varanda. Há duas razões pelo qual o velho metido a garotão me ganhou de nove a um. A primeira: ele pratica essa merda todos os dias, o que o torna conhecedor de todas as possíveis sacadas do jogo. A segunda: meu corpo participava do jogo, mas minha mente estava ocupada pensando no que fiz no início da tarde, quando ninguém estava por perto para me vigiar.

Sim, finalmente toquei uma. Mas não é só disso que eu me orgulho. Peguei a bicicleta do Rafa e pedalei até o Galinho Frito. Sem pensar duas vezes, entrei na fila do caixa e fui dando a vez para todo mundo até que eu pudesse ser atendido pela garota do caixa três.

— O que você quer aqui?

— Babacas covardes... — falei, com um sorriso falso, escolhendo um amendoim na prateleira do caixa. — Quanto tempo você levou para pensar num apelido desses?

— Não tem a menor graça — falou ela, com cara de apática.

— Realmente não teve a menor graça. Aliás, você deveria tomar mais cuidado com uma senhorita chamada Charllotte.

— Você vai comprar alguma coisa? Se não, eu vou ter que chamar o próximo...

— Esse amendoim — respondi, indicando um pacote de amendoim sem casca. — Ah, espera, eu quero escolher um outro também.

Exagerei no tempo enquanto fingia escolher algo. Eu queria tempo para pensar e repensar sobre como eu deveria continuar a conversa. Lilian apoiou os cotovelos no caixa com força e enrijeceu o corpo, mirando cada passo meu.

Quando voltei a encarar seu belo rosto, já tinha deixado meu orgulho derreter e a sinceridade aflorar como deveria ser.

— Vim pedir desculpas pelo que fiz. Liguei para você me passando do meu irmão.

— Irmão? — ela não conseguiu segurar a pergunta. — Achei que vocês eram primos.

— Nunca poderíamos ser primos. Somos idênticos — falei, montando em cima do assunto para continuar falando, provocando-a. Me debrucei no caixa escolhendo mais dois pacotes de amendoim. — Somos irmãos gêmeos, mas isso é um assunto que vocês podem conversar.

— Vocês?

— Você e ele, ué.

— Cara, sem essa — disse ela, passando a máquina de leitura do código de barras em cada mercadoria minha. — Se você veio aqui pra isso...

— Eu vim para me desculpar. Mas também para dizer que a gente não tinha nenhuma intenção ruim ou coisa do tipo.

— É mesmo?

— É mesmo — insisti. — Meu irmão acha você uma gata e antes que você possa dizer que ele não pode enxergar, eu te garanto que ele pode ver muito mais do que eu e você juntos.

— Olha...

— Não tô justificando nada do que a gente fez, tá legal? Só quero que você saiba do que aconteceu de verdade. Fiz o que fiz porque ele não teve coragem o suficiente para falar com você, e não porque ele queria brincar contigo ou coisa parecida.

A menina finalmente parou para me ouvir sem me atacar. Ficou me olhando, decidindo se acreditava em minhas palavras ou não.

— Ele admira você por anos e... ele tem me ensinado muito a ser uma nova pessoa, sei lá. Aliás, ele é o melhor ser humano que eu já conheci na minha vida inteira. O Rafa tá enfrentando um momento megaimportante. Tem a chance de ver de novo. Então, se eu fosse você, apareceria lá em casa antes que ele volte a enxergar e daí quando ele ver seu rostinho acabe desistindo de você. Nunca se sabe – falei, encolhendo os ombros e fazendo um olhar divertido. – Brincadeira, você é uma gata.

    Lilian me encarou sem perceber que o queixo tinha caído levemente. Ela não pediu desculpas pelo "babacas covardes", nem se lamentou por ter confiado tão rápido na invejosa da Charllotte. Para ser sincero, não dei muita chance. Terminei o assunto fazendo um sinal de paz e amor para o povo da fila que reclamava da minha demora, e dispensei minhas mercadorias cancelando a compra a tempo de sussurrar para ela com uma boa piscadela:

– Eu nunca nem gostei de amendoim.

8 de janeiro

— Escuta, se a gente vai realmente fazer isso, precisamos deixar o jogo aberto — disse minha mãe, virando a cabeça de modo que Rafael e Dona Ana pudessem ouvir com clareza do banco de trás.

Minhas mãos tensas seguiam agarrando o volante com uma força desnecessária enquanto a Land Rover deslizava pela estrada um tanto arrastada, como todo carro pesado. Marília Montemezzo ocupava o banco do carona com meia janela aberta, recebendo o vento nos cabelos, os olhos protegidos por óculos de sol.

— A gente contou o que fez... — falou Rafael, no banco atrás do meu. — Bom, pelo menos, eu não tenho mais nada pra falar.

Acho que minha mãe esperou algum de nós seguir a fala do Rafael, revelando alguma coisa. Mas ninguém continuou.

O Waze me mandava direto para Boa Esperança, um morro perto de Petrópolis e Teresópolis, a muitos quilômetros de distância. Decidimos partir quando o tio Frank saiu com Patrícia e as crianças, e meu pai resolveu tirar um cochilo no início da tarde.

— Também não tenho mais nada pra falar — confessei. — Não vim para o Rio com a intenção de conhecer meus pais biológicos. Você sabe que eu nunca liguei pra isso, mãe.

— Não há mal nenhum em querer saber quem eles são — respondeu ela, apertando o botão que fechava a janela. A voz bem impostada passou a se espalhar melhor no interior do carro.

— Eu nunca privei você disso, mas também não fiz questão de incentivar. Porque eu tinha o nome dela e, no passado, dei uma investigada.

— Você o quê? — perguntei, mantendo os olhos na estrada. — Eu nunca soube disso.

— Pois é, você devia ter uns cinco anos. Foi quando me perguntou pela primeira vez sobre sua mãe biológica.

— Cinco? Eu não era muito novo pra saber que era adotado?

— E quem disse que o preconceito deixou? — contrapôs ela, um tanto irritada. — As pessoas nunca se conformavam em ver o filho negro de pais brancos e com boas condições. Você sabe muito bem.

— Hã. E o que você descobriu sobre ela, na época?

Minha mãe suspirou toda elegante. Foi contando frase por frase como se narrasse uma historinha para crianças.

— Nessa época, a gente morava no Rio. Contratei um detetive. Seu pai achou um exagero, mas desde o início eu sentia que tinha coisa suja no passado dela — explicou minha mãe gesticulando. — O detetive descobriu provas. Ela se drogava. Era alcoólatra. Dava trabalho pro Governo, essas coisas...

— E por que você nunca me contou? — perguntei, interessado e calmo demais para mim mesmo. *O que aconteceu comigo?*

— Eu não ia te contar uma coisa dessas, né, Lucas! Pra quê? — respondeu ela, exasperada. Com um aceno de cabeça, decidiu encerrar o assunto. Retirou os óculos e voltou a inclinar a cabeça para trás. — E você, Ana? Quando vai contar como foi que conseguiu ficar legalmente com uma criança deixada na porta de casa?

A bomba explodiu silenciosa no banco de trás. Por alguma razão, meu abdome se contraiu e precisei segurar a vontade de rir com resistência. Minha mãe sabia dar o show dela.

— Você não sabe dessa história, querido. Mas a Marília tem razão. Acho que eu não teria uma hora melhor pra te dizer — concordou ela com a voz diminuta. — Quando sua mãe biológica deixou você na minha porta eu... me conectei a você. Me apeguei muito rápido. Você era um recém-nascido e tinha o probleminha em um olho. E talvez vocês não saibam, mas eu já tinha tido dois fracassos de gravidez.

— Sinto muito — disse minha mãe, baixinho, como condolência.

Dona Ana agradeceu, meio encolhida.

— Sempre soube que você era um presente pra mim, Rafa. Mas eu também sabia que deveria cumprir com a lei. Só que aí outras pessoas te adotariam e eu não queria isso. Eu sabia que você seria o *meu* filho.

Não tive coragem de espiar o choro de Dona Ana pelo retrovisor do meio. Entre pausas e resmungos, ela continuou falando:

— Conheço uma pessoa que até hoje trabalha no cartório e, mesmo seu pai não sendo cem por cento a favor, paguei um dinheiro a essa pessoa e ela me ajudou a conseguir a maternidade.

Pelo canto do olho, vi minha mãe assentir terrivelmente com a cabeça, como se dissesse: "Exatamente como eu imaginei." Preocupado, tive que procurar o reflexo do Rafael pelo retrovisor. Ele respirava com tranquilidade e deu um abraço meio apertado e meio desajeitado na mãe. Ela não parava de se desculpar, e tudo o que ele disse foi:

— Mãe, relaxa. Ainda bem que você fez isso porque você é a melhor mãe do mundo. Desculpe aí, tia Marília, mas não tem uma mãe no mundo melhor do que essa aqui, não.

Dona Ana sorriu e agarrou o filho com as mãos um tanto desajeitadas. Depois, alisou meu ombro. Minha mãe voltou a abrir o vidro do carro e ficou olhando, constrangida, para mim.

Cacete. Ela não poderia esperar que eu fosse dizer umas coisas bonitas pra ela! Sei lá, mano. Não sou igual ao Rafael. O máximo que consegui fazer foi dar um sorrisinho um pouco melhor do que os antigos. E quando ela virou o rosto para fora, fiz uma mímica ridícula do Rafael dizendo: *Você é a melhor mãe do mundo*. E ri, por dentro, de mim mesmo.

O trânsito fraco de domingo, no início de janeiro, nos ajudou a chegar em Boa Esperança antes do sol se pôr. O asfalto só se estendeu pela estrada até uma parte. Na subida do morro, o caminho de barro tinha buracos sinistros, uma vala aberta percorrendo uma das calçadas improvisadas, um monte de mato e fumaça ao redor.

Toda vez que parávamos, eu perguntava se alguém conhecia a Monique. Minha mãe fazia questão de mostrar a foto da mulher no perfil do Facebook. Alguns indicavam para continuar seguindo para o alto, outros alegavam não conhecer. Boa Esperança não é uma favela ou uma comunidade pacificada. Acho que é só um bairro muito humilde, o mais pobre que eu já pisei. As pessoas nos quintais das casas simples olhavam tão fixo para o nosso carro que pareciam hipnotizadas. Um moleque soltando pipa de cima de uma laje me mostrou o dedo polegar com um sorriso. Uma moradora subia o morro pela calçada com uma bacia enorme equilibrada na cabeça. Crianças sem camisa brincavam descalças berrando umas com as outras. Uma senhora com uma garotinha pendurada no colo gritava por Leonan e Lidia diante de uma cerca envergada. E ela jurou que Monique morava no barraco amarelo, bem no pico mesmo e que se subíssemos com tudo não teria como fazer o retorno de carro.

Apreensivo, dirigi controlando a embreagem até a área mais plana que consegui, desligando o carro e puxando o freio de mão. Dali dava para ver a casinha amarela bem humilde.

— Acho que é melhor vocês dois irem — disse minha mãe, colocando a ideia mais como uma ordem do que uma sugestão. — Se nós, as mães, formos junto, pode acabar intimidando-a.

— É — concordou Dona Ana. — Acho que aqui não tem perigo. É melhor Dona Marília e essa barriga ficarem aqui. Vocês dois só não demorem.

— O que você acha, Lucas? — perguntou Rafael.

— Ok. Qualquer coisa, liguem. É melhor você sentar aqui no volante e ficar com a chave por precaução — falei pra minha mãe puxando o banco do motorista um pouco para trás.

Saí do carro e ajudei Dona Marília até vê-la bem acomodada atrás do volante.

Depois, fui ao encontro do braço do Rafael.

Graças ao horário de verão, o sol ainda não tinha ido embora por completo, o que me deixava mais calmo.

— A cor da casa dela é igual a parede do seu quarto — descrevi para ele, conduzindo-o pelo chão marcado por buracos e canos.

— E daqui dá pra ver lá embaixo. Tudo pequenininho, a cidade por onde a gente veio... e a estrada lá no fundo.

— Sinto um tampão no ouvido por causa da altura. Eu queria poder ver daqui de cima. Esse lugar tem um cheiro muito delicioso — ironizou ele.

O odor de vala e mato queimado se espalhava por toda parte.

— Será que a gente deveria ter vindo? — perguntei na hora em que um leve arrepio tocou minha nuca. Um frio na barriga. — Tá sentindo isso?

— O quê? Tá com medinho?

— Ela disse para a gente sumir. Por que a gente tá aqui, cara?

— Porque ela precisa de ajuda — disse ele, tirando o jeito brincalhão na mesma hora. — A gente tá aqui pra oferecer a ela alguma ajuda.

Ele tinha razão e isso me calou por um momento. Dei uma última vigiada no carro, constatando a tranquilidade ao redor. O barraco amarelo descascado adiante parecia ter apenas um cômodo fechado por uma porta velha forrada com lonas de plástico. Foi onde eu dei uns três socos e gritei o nome dela.

Alguns segundos depois, cabeças brotaram nas janelas dos vizinhos. Uma mulher do outro lado da rua chegou a abrir a porta e meter o rosto pra fora feito uma espiã.

– O bando de fofoqueiros tá aparecendo de todas as esquinas... – eu estava dizendo, quando Monique destravou a porta com brutalidade, dando de cara conosco.

O choque foi recíproco.

Nossa mãe biológica é exatamente como na foto do perfil no Facebook, exceto pelos olhos agora inchados e amarelados, o cabelo emaranhado, os lábios enegrecidos pelo cigarro e a pele negra apresentando crostas de sujeira pelo pescoço, braços e pernas.

A essa altura, já sei muito bem que o Rafael é capaz de ver a cena quase como eu. Pela respiração e o cheiro da mulher, a forma como se movimenta... As sobrancelhas do meu irmão fizeram um desenho estranho na testa, denotando seu constrangimento.

Quando a mulher percebeu quem éramos, fechou os olhos e moveu a cabeça de um lado para o outro, respirando com ódio aparente.

– Eu falei para vocês não me procurarem, inferno!

– A gente... – foi o que eu consegui falar. Balbuciando sem produzir uma sequer palavra. A mão do Rafael se fechava sobre o meu braço impedindo o sangue de circular direito.

– O que eles tão fazendo aqui? Porra! – Ela xingou mais alguns palavrões entre os dentes e falou como se não estivéssemos ouvindo.

Até ali já era o suficiente para que eu voltasse para o carro e não aparecesse mais. Rafael perguntou baixinho se a gente podia entrar e ela levou uns trinta segundos, olhando para os olhos dele, depois para os meus, sem esconder a respiração raivosa, até finalmente nos deixar atravessar a porta.

Você sabe que sempre fiz questão de ser sincero com você, amigo. Então não posso deixar de continuar sendo. Porque mesmo sendo a casa da minha mãe biológica, não tive a menor vontade de atravessar aquela porta. Mas eu não tinha outra opção e parecia que agora era a vez do Rafael me guiar para dentro. Talvez ele pudesse perceber o quanto eu rejeitava aquela cena desconfortável ou a situação em si.

Assim que entramos, meu corpo inteiro se arrepiou. O cheiro de cachorro molhado sufocava o ambiente mofado. Pilhas de roupas e panelas se espalhavam pelo único cômodo, com exceção do banheirinho no canto, sem porta, de onde saía um odor de urina. O fogão imundo ficava colado na geladeira enferrujada, cuja porta tombava para um lado. Um rato passou correndo de um canto para o outro. O único lugar para se sentar era a cama de casal cheia de roupas emboladas e fedidas. Foi onde Monique se sentou e nos indicou com a mão.

— Cuidado aqui — não tive como segurar, ao tentar impedir que meu irmão pisasse na gosma nojenta meio ressecada no chão de concreto. Parecia um vômito despejado ali fazia dias.

— Vocês são da polícia, é isso? — perguntou ela, de deboche. — Quem foi que falou onde eu... ah... já sei...

— A gente conheceu o Luis — falei, apoiando metade da bunda na beirada da cama dura. — Você deu a ele o nosso endereço.

— Ué, cara, ele é o pai de vocês — disse ela, a voz rouca entre tossidas e mais tossidas. — Pelo menos eu fiz uma coisa certa, né não?

— Ele contou que não sabia sobre a gente — adiantei, quase cedendo à tentação de parar de respirar para não absorver todo aquele cheiro, o ambiente pesado. — Disse que não sabia que éramos gêmeos e que nunca mais viu você depois que a gente nasceu...

— Porque aquele miserável mora com a vagabunda e os outros filhos dele.

O olhar dela nem pousava na gente, como se ela tivesse medo de encarar a verdade. Com a porta encostada, o mofo se tornava sufocante. A única janela da casa era um basculante emperrado por onde trespassava um resto de luz do dia.

— Ele não conseguiu nos explicar como é que a gente foi separado — falei, olhando para ela com firmeza, engrossando a voz. — Como foi que eu fui para uma casa de adoção e ele foi largado na casa de uma pessoa desconhecida no meio da estrada...

De repente, ela me atacou com seu olhar de desprezo como se fôssemos piores do que os ratos abrigados debaixo da cama. Não consegui continuar.

— Foi porque você não podia manter dois filhos? — perguntou Rafael, com a voz mais tímida.

Monique virou o rosto com a cara fechada. Ficou assim por um bom tempo. Ainda estava na mesma posição quando começou a explicar.

— A gente se conheceu no bar da loira. Ele vinha aqui por causa de mim. Mas à noite, ele tinha que ir embora e eu não podia aguentar mais — ela se virou para mim, olhando em meus olhos e me deixando ver como eles eram opacos e sem vida. — Eu planejei ficar de barriga. Achei que pudesse segurar ele assim, mas tudo o que ele fez foi me bater e me espancar. Aquele filho de uma maldita me mandou tirar o filho.

Não foi difícil imaginar a fúria do Luis contra ela. Ele é um covarde. Ouvir a versão de Monique me deu um enjoo instantâneo misturado com irritação. Virei o rosto para ver a reação de Rafael e ele permanecia imóvel como uma estátua.

— Eu tive vocês — explicou ela cheia de pausas longas. — Mas o que eu queria mesmo era ser feliz ao lado daquele desgraçado. E eu olhei para vocês e... vocês eram a cara dele quando tinham acabado de nascer. Talvez quando ele visse vocês, fosse ficar comovido, mesmo ele sendo um miserável. Mas eu fui muito burra.

Monique ficou parada olhando para um ponto fixo por tanto, tanto tempo, que eu precisei me certificar de que ela ainda estava conosco.

— E você fez o quê? — perguntei no momento em que o rato passou de volta, se escondendo entre louças e tralhas.

— Eu peguei um dos bebês — respondeu ela, se abraçando, olhando para o nada como uma louca. — Já seria difícil se ele aceitasse *um* filho, vocês me entendem? Que dirá dois. Por isso, quando ficou de noite, eu me levantei da enfermaria e fui até a sala onde vocês estavam, e escolhi o que mais se parecia com o desgraçado, e nós fugimos do hospital. Eu e um de vocês.

Ela apontou com o queixo em nossa direção como se fôssemos qualquer coisa menos seus filhos biológicos. Um rubor de ira subia pelo meu pescoço e queimava por todo meu corpo, me fazendo querer dar um berro, fechar os olhos e ser transportado direto para minha casa em Portugal. Mas ela continuou falando e me puxando desesperadamente de volta para aquele ambiente.

— Quando cheguei aqui, ele deve ter descoberto por alguma vadiazinha daqui que eu tinha ido ter bebê. Sabem por quê? — perguntou ela, baixinho. — Porque ele deixou dinheiro. Ele deixou, sim. Com uma passagem de ônibus e isso aqui!

Dito isso, ela se levantou de um pulo e correu até um pequeno móvel ao lado da cama, puxando a única gaveta, virando todo o conteúdo no chão. Caíam papéis, cartas, camisinhas, maconha prensada...

Não tive nem tempo para dizer alguma coisa e ela voou na minha direção quase esfregando o fundo da gaveta na minha cara. Fechei os olhos, inebriado com o cheiro que ela carregava consigo.

— Lê pra ele. Lê o que tá escrito, porra — mandou ela, me deixando ver que os rabiscos feitos na madeira formavam letras riscadas com uma gilete. E diziam: "Nunca mais me procure."

— Então você decidiu viajar com o filho que restou. E no meio do caminho, desistiu do bebê — falei, aumentando o tom de voz, ignorando o teatro dela.

Ela lançou a gaveta com brutalidade para a parede mais próxima. O barulho da madeira se chocando assustou Rafael e ele agarrou meu braço por quatro segundos. Na cama, nossa mãe biológica voltou a se encolher inalando o ar pela boca semicerrada, travada com ódio.

— Eu não ia ter como manter um filho. E eu também não queria mais nada com aquele vagabundo. Foi para isso que vocês vieram, não foi? Então já podem sair. Já podem sair daqui. Já podem sair da minha vida.

— Nós viemos aqui para te ajudar — sobrepôs Rafael, apaziguador.

A mulher começou a gargalhar.

— Vai pro cacete! Ajudar com o quê? Não preciso da esmola de vocês, não. Aquele carrão de luxo lá fora? Eu *não preciso* de nada disso. Eu *não sou* doente. Eu tô bem aqui.

— A senhora não sabe o que está dizendo — afirmou Rafael com veemência. — Com todo respeito, mas esse lugar fede. Você tem problemas com álcool e drogas. Mas a gente pode te ajudar a sair dessa vida.

Ela gargalhou novamente. Um riso rouco e sinistro revelando dentes podres e um hálito de acúmulo de comida.

— Ah, vocês trabalham pra polícia, agora? Vieram me prender? Ou são da igreja? — ironizou ela. Apontou o dedo para a gente com os olhos inflamados por um sentimento para além do que eu conseguia entender. — Vocês deviam me agradecer por eu ter abandonado vocês dois por aí. Caíram em família de bem, viraram tudo playboyzinho com dinheiro e tudo. Mas se não fosse por mim, vocês estariam aqui, ó. Dividindo a cama debaixo do barraco da mamãe Monique.

— Ela é louca — falei para Rafael, já se levantando. Mas ele segurou meu braço com força, insistindo para eu dar mais uma chance.

— A gente agradece, sim, por a senhora ter tido a consciência de que não podia nos criar. Muito obrigado. Mas deixa a gente fazer algo...

— Ah, me poupe. Você não consegue nem enxergar, queridão — falou ela, com um sorriso esquisito. Uma lágrima escorreu pelo canto de um dos olhos, mas ela secou com a mão suja. — Você nasceu assim? Foi mal aí. Deve ter sido o crack.

— Você é melhor do que isso — insistiu Rafael, virando na direção dela com uma expressão de intensidade tão profunda, que parecia tentar transferir as energias boas carregadas consigo para dentro da mulher.

Ela observou-o por um tempo, calada. Inspirando e expirando. Olhei dela para Rafael, de Rafael para ela. Uma ilusão se formou em minha mente e imaginei minha mãe biológica aceitando alguma ajuda, retirando o que disse. Contudo, depois do que pareceram longos minutos, ela apenas se levantou, procurou um cigarro em cima da cama, tirou um isqueiro do bolso da calça e começou a fumar ali mesmo.

— Saiam da minha casa.

— A senhora...

— SAIAM DA MINHA CASA! — berrou ela, cuspindo litros de saliva e sacudindo a cabeça num êxtase de irritação. Repetiu o mesmo movimento diversas vezes. — SAIAM DA MINHA CASA! SAIAM DA MINHA CASA! SAIAM DA MINHA CASA!

— Anda, não adianta mais — falei, puxando o Rafael para fora, sendo empurrado pelos gritos atordoantes, pelo cheiro insuportável e pela cara enrugada que ela fazia.

Querido amigo, nunca mais quero reproduzir nem uma coisa sequer em minha vida que me faça perceber qualquer semelhança da minha mãe biológica em mim.

Quero parar de oferecer às pessoas minha cara de raiva, porque ainda lembro de como as feições dela se tornaram diabólicas enquanto nos enxotava.

Quero, definitivamente, parar de fumar, mesmo que eu só faça isso eventualmente. Porque ainda lembro do prazer com que ela usou o cigarro para se sentir melhor e nos incomodar, como uma dependente inconsequente, colocando toda a vida em jogo.

Ainda lembro de como meu irmão insistiu em estender a mão.

Ainda lembro de como ele parecia chorar por dentro quando o ambiente por fora era seco e desesperançoso.

Ainda lembro de como é terrível e inútil olhar para uma pessoa que faz todo o possível para não ser ajudada.

Lamento pelo que ela sofreu. O ódio em saber que ela foi iludida, enganada e espancada pelo pai de seus filhos me faz tremer de raiva.

Nunca esquecerei dela.

E nunca esquecerei de quem eu não quero ser.

9 de janeiro

Meu coração está batendo forte demais. Minha visão ficou turva e o chão sumiu sob os meus pés.

Hoje eu já imaginava que dormiria fora de casa, por isso eu trouxe você para um passeio. Mas não imaginei que seria em outro hospital além desse onde eu estava até agora pouco com o Rafael, meus pais e a família Soares.

Estou a caminho do outro hospital. Preciso escrever sobre alguma coisa boa. Então, bem, não dá para acreditar que está acontecendo tão rápido. Ontem à noite, o doutor Caio Abelardo ligou para minha mãe avisando que os resultados dos exames indicavam setenta por cento de chances de que o transplante da córnea desse certo, mas que todos precisaríamos agir rápido e, como já tínhamos o doador, a cirurgia seria marcada para o dia seguinte. No caso, hoje à tarde.

Rafael precisou ficar de jejum por pelo menos seis horas, usando o colírio antibiótico. Ele está esquisito há alguns dias. Com todas as notícias e baques desde o início do ano, é difícil não se abater. Eu também não estou bem. Não consigo acreditar na realidade da minha mãe biológica, nem a do meu pai. Mas preciso parecer firme e confiante nesse momento tão importante para o meu irmão.

A gente o levou para o hospital no carro do tio Frank, e o clima fechado e úmido permitiu que pudéssemos vestir o suéter bordado pela vó Telma com nossas iniciais. Estou olhando para ele agora e não posso deixar de concordar com sua breguice. Só que mais importante do que isso é se divertir e tentar fazer do momento o mais memorável possível.

Por falar em tornar um momento inesquecível, você não vai acreditar no que aconteceu hoje. Brother, eu só posso afirmar com todas as letras que sou bom nisso. Sou bom demais. Estou conseguindo dar um pequeno sorriso agora. Foi épico e hilário. Melhor eu escrever logo, né?

Então, no quintal, encostados no carro, esperando o resto da família Soares se aprontar, Rafael me matava rir, e eu repito, matava de rir, com uma imitação perfeita da minha mãe dando um fora na mãe dele com sotaque português.

— *Cont logo presse rapaz que você molhou a mão de alguém pra conseguir essa guarda dess rapaz*. Tia Marília é a melhor. Por que ela não para de querer controlar a tudo e a todos? — perguntou ele, me fazendo rir ainda mais.

Eu ia continuar rindo, mas minha fala morreu, meu queixo caiu e um novo sorriso se desenhou em minha boca.

— O quê? Tem um fantasma no quintal? — quis saber ele com a já conhecida cara de atenção máxima em busca de captar a situação ao redor.

— Você não acredita em quem está vindo aí. Acho que vou deixar vocês a sós.

— Peraí, fica — pediu ele, se tocando que havia um por cento de chance no universo daquela ser...

Lilian abriu a cerca e veio até nossa direção andando de bicicleta. Mesmo com o casaco de moletom divertido estampado com um monte de carinhas do Mickey, ela sabia hipnotizar, com os cabelos dela ao vento davam uma baita aparência sensual e o short jeans que deixava as belas pernas à mostra. Lilian se aproximou e desceu da bicicleta parando-a com o descanso.

— Oi. Nossa, vocês dois são realmente idênticos. Como eu não percebi antes?

— Eu preciso pegar a chave do carro — falei.

— Vou ser breve — disse ela. — E é com você que eu também quero falar.

Ela pigarrou, tomando coragem para continuar.

— Quero me desculpar pelo mal-entendido. Pelo bilhete. Foi desnecessário.

— Ah, não precisa. Que isso? — falou Rafael, escondendo as mãos trêmulas.

— Precisa, sim — insistiu ela, com um sorriso, observando Rafael. — Ouvi dizer que você vai fazer um exame e que talvez possa recuperar uma parte da visão. É verdade?

— Você ouviu dizer isso? Estão dizendo isso por aí...?

— Na verdade, ele está indo fazer o transplante hoje. É um dia importante pra caramba...

— Hoje? Poxa, boa sorte! Que dê tudo certo — falou ela, meio abobada.

— Obrigado — agradeceu ele.

— De nada...

— Pois é...

— É...

Abaixei a cabeça segurando a vontade de rir. Dei um belisco forte e discreto na costela dele.

— Então se rolar uma outra vez... — disse ele, reprimindo o "Ai!". — E o tio Frank puder dirigir e eu possa te dar uma carona... ou talvez... eu esteja enxergando melhor e...

— Você pode me acompanhar mesmo se não estiver enxergando, Rafael.

Arregalei os olhos, agradecido, e apertei os lábios. Meu irmão nem esperava uma resposta como aquela. Mas... que droga, ele não conseguiu retribuir com um sorriso daqueles, ou algo parecido. Logo agora!

— Então, é isso. Boa sorte — disse ela.

— Obrigado — repetiu ele.

Lilian olhou para mim e eu movi os lábios, bem exagerado, sem som, para que só ela entendesse.

— Um selinho nele, por favor.

Ela abaixou a cabeça, sorrindo. E sem um novo pedido meu, ela se aproximou dele e tascou um beijo em sua boca. Eu virei o rosto para o lado querendo me rasgar de rir. Uma festa de arromba tocava dentro de mim, me dando vontade de dançar e berrar.

O selinho se transformou em um beijo de alguns segundos e antes de montar na bicicleta de volta, ela me devolveu uma mímica com os lábios.

"Babaca covarde."

Mas dessa vez, ela não poderia querer dizer isso com raiva, porque o sorriso se formando em seus lábios apenas lembrava o de uma garota apaixonadinha.

Rafael ficou me perguntando se ela já tinha sumido de vista e quando eu disse que sim, ele se jogou no chão imitando um desmaio exagerado. Me fazendo rir novamente e desejar que ele pudesse de fato recuperar a visão para enxergar o quão sortudo ele era por ter perdido o BV com uma garota tão gata. Ele ficou realmente nas alturas com tudo isso e... digamos que eu também.

A Casa para Olhos Patrono Abelardo fica na Lagoa, uma das áreas mais ricas do Rio de Janeiro. Lá tem uma brisa constante e belas casas com arquitetura interessante. A clínica não tem aquele cheiro costumeiro de soro e remédios. As paredes têm acabamento de vidro espelhado. O ar-condicionado é forte. Móveis de luxo, plantas e iluminação aconchegante por toda a parte. Parecíamos estar mais num hotel cinco estrelas do que num centro médico.

Doutor Caio Abelardo conversava com Dona Ana e meus pais à frente, enquanto eu e Rafael aguardamos em poltronas acolchoadas sem muito o que dizer ou pensar sobre as próximas horas.

— Rafael Soares — chamou o doutor Abelardo. Ajudei meu irmão a chegar até o doutor e percebi que ele parecia muito novo para ter conquistado tanta coisa, ser médico-cirurgião, ter não sei quantas casas etc.

O médico apertou a mão do Rafa e a minha também, puxando assunto, sorrindo com confiança, perguntando como estávamos. Ele explicou que a cirurgia seria tranquila e rápida. Não haveria dor, por conta das anestesias. Geralmente, o olho operado fica em descanso por três dias. Dependendo de como tudo procedesse, Rafael passaria algumas horas com os olhos enfaixados, até poder receber luz sobre a córnea nova.

— Será que vou lembrar da cirurgia? — quis saber ele. — Ou quando eu acordar já vai ter acontecido e pronto?

Dona Ana se mostrou interessada na pergunta e doutor Caio abriu um sorriso educado.

— Esse tipo de cirurgia não dói, mas o processo pode ser cansativo para o paciente. A maioria das pessoas tem uma vaga memória do que aconteceu.

— E em quanto tempo eu me recupero fisicamente?

— Em algumas horas você já pode fazer a maioria das coisas. Só precisamos que evite atividades mais intensas, que cansam naturalmente.

— Entendi.

— Os cuidados pós-operatórios são extremamente importantes. Tudo aquilo que já conversamos, pais — disse ele, mirando os adultos na conversa.

— Ele vai precisar usar algum tipo de óculos específico? — questionou minha mãe.

— A princípio óculos de sol com boa proteção já servem — respondeu o médico com simplicidade, dando dois tapinhas no ombro do meu irmão. — Temos alguns modelos para você escolher, rapaz.

Rafael brincou com as sobrancelhas e apertou os lábios com ansiedade.

— Posso fazer mais uma pergunta, doutor?

— Claro, quantas desejar.

— Então, parece idiota, mas... eu vou ficar com a mesma cor do olho do meu doador?

Boa! Pensei. Eu não precisava enxergar através da mancha branca no olho vivo do Rafael para saber a cor original. Bastava me olhar no espelho. Não queria que fossemos diferentes nisso.

Minha mãe foi a primeira a se adiantar na resposta.

— Acho que não, pelo que eu entendi.

— A senhora tem razão. Essa é uma das dúvidas mais comuns — avisou Caio — porque naturalmente as pessoas pensam que a íris colorida vai ser substituída, quando o que muda é apenas a cúpula transparente na frente do olho. O que dá a cor fica atrás. Então fiquem tranquilos.

Rafael respirou com alívio. Depois, ganhou abraços e palavras de incentivo. Eu só o veria depois de horas. Desejei que tudo ficasse bem.

Mas não foi o que aconteceu.

Minha mãe deveria descer para o andar de baixo pelos elevadores. Deveríamos ter previsto isso. Mas estamos todos tão nervosos e envolvidos com o momento do Rafa, que só percebemos quando aconteceu.

No meio da escada, minha mãe pisou errado. E despencou.

Tudo foi muito rápido. Eu nem vi direito como ela caiu. Rolou uns dez degraus. A barriga se chocando nas pontas da escada. O corpo dela girou até que ela perdesse os sentidos, desmaiada.

Me desculpe.

Não consigo mais escrever sobre o que vi...

9 de janeiro

Estou sentado na sala de espera escrevendo em você até agora, meu maior companheiro nas últimas semanas. Não há nada que eu possa fazer para aplacar a dor e o medo que me consomem.

Minha mãe está desacordada a alguns metros daqui. Doutor Caio Abelardo e sua equipe nada puderam fazer num local para procedimentos oftalmológicos. Tivemos que correr para um hospital capaz de ajudá-la em sua gravidez.

Meu pai, sentado à minha frente, finalmente pegou no sono. Seus olhos fechados com leveza vão se abrir a qualquer sinal. Ele mal deve saber que cochilou e não vai gostar de descobrir que acabou dormindo.

Sinto falta da participação dele durante o meu crescimento. Olho para sua barriga que cresceu consideravelmente nos últimos anos, repasso em mente o quanto ele tem aberto mão da vida que gosta de levar em Portugal para estar aqui comigo. Foi ele quem chamou Rafael de filho e não hesitou em oferecer ajuda para curá-lo.

Nunca tinha visto ele chorar, até hoje. Nunca tinha visto seu coração tão quebrado e fragilizado. São duas horas da madrugada e há uma hora ele entrou aqui, com os olhos inundados, me abraçando forte, jogando o peso dele sobre mim. Envolvi o corpo dele com meus braços, me esforçando para permanecer firme enquanto sua fraqueza e angústia me invadiam.

Entre babas e pedidos de desculpas por parecer tão frágil quando não deveria, ele me contou a situação real dentro da enfermaria. Provavelmente, só um poderia sobreviver. Minha mãe ou o bebê.

A notícia veio como um soco forte no estômago, tirando o meu ar. Não chorei por fora, mas por dentro eu só queria berrar, correr, destruir todas essas vidraças, gritar por socorro.

Minhas mãos estão tremendo enquanto escrevo. Pela primeira vez, tenho vontade de rasgar suas folhas e tacar fogo no mundo inteiro.

Penso na Lucinha e em como ela não deve fazer a mínima ideia de nada disso. Talvez seja melhor assim. Ela ficaria transtornada se soubesse de uma coisa dessas, correndo o risco de precisar ser internada também.

Estou lembrando do quanto ela me falava de Deus, perguntando se eu tinha alguma fé, me ensinando a agradecer antes das refeições, me ensinando coisas que Deus gostava ou não gostava durante todo o meu crescimento.

Alguns pedaços do último musical de Natal preenchem minhas lembranças. Por que recorremos à figura divina nos momentos de dor e perda? Estou olhando para mim agora e procurando a obviedade da resposta, procurando saber o quanto de mim acredita que uma intervenção celestial pode ajudar minha família hoje. Agora mesmo.

Não consigo pensar no que eu quero fazer com a minha vida nos próximos dias. Volto para Portugal ou fico no Rio? Convido o Rafael para conhecer minha casa ou peço para ficar mais tempo na dele? Tranco a faculdade? O que vem pela frente?

Nada disso faz sentido para mim agora. É tão cruel que se minha mãe estiver mesmo morrendo, eu nem consigo fazer ideia de quais foram suas últimas palavras ou desejos. Espero que eu tenha anotado alguma coisa em você. Isso é injusto e eu gostaria de poder derramar um rio de lágrimas. Mas elas estão secas dentro de mim e então, por dentro, meu mal-estar é imenso a ponto de me fazer precisar parar de escrever para apenas inspirar e expirar.

Se meu irmãozinho se for, vai ser uma dor cruel para meus pais, já que ele é o milagre de um casal incapaz de gerar um filho biológico. E é claro que vai ser dolorido para mim também.

Todas as opções são caóticas. Para todos os lados, perdas. Para todas as direções, portas fechadas, espinhos, dificuldades nunca imaginadas. A vontade de ter o controle remoto da vida e retroceder várias horas, mudando o passado, impedindo minha mãe de sair de casa, ou descer da escada...

Por que não a segurei? Se ela morrer, nunca irei me perdoar.

Às vezes olho em direção ao nada e tento desenhar em minha mente como seria a vida das pessoas ao redor se eu tivesse me jogado naquele dia. Minha família com certeza não estaria passando pela situação de agora. Mas eu nunca teria conhecido meu irmão gêmeo e ele provavelmente nunca teria recebido a oportunidade de fazer o transplante necessário para recuperar a visão de um olho. Eu não consigo mais continuar escrevendo...

* * *

Ainda estou aqui. Passou algum tempo e eu meditei sobre as últimas horas. Sei que isso soa estranho, mas nesse momento, uma sensação esquisita envolve a sala de espera. A televisão ligada no Telecine é incapaz de acordar meu pai. Eu deveria estar me sentindo só, talvez ainda mais triste ou em prantos. Mas, do nada, sou capaz de respirar com mais tranquilidade, com a esperança de que a vida não é obrigada a tomar um curso determinado só porque um médico disse. Ele é um profissional, e não um profeta. Eu não preciso afundar de vez sem nem mesmo ver o quanto minha mãe pode ser capaz de resistir.

Tomado por um impulso, acabei de abrir a boca e falei três vezes:

— Vai dar tudo certo. Vai dar tudo certo. Vai dar tudo certo.

Talvez Deus esteja aqui me ouvindo e se preparando para fazer alguma coisa boa em resposta à minha fé. Não sei se é assim que funciona, mas isso é tudo o que eu aprendi sobre Ele. Eu acho que Ele existe e nesses momentos a gente precisa ter fé. E eu quero tentar, porque não tenho nada a perder ou pra onde ir.

Amigo, torça por mim. Vai dar tudo certo.

11 de janeiro

Alô!
Minha viagem para Portugal foi adiada por tempo indeterminado, já que meus irmãos precisam permanecer na enfermaria por dias também ainda impossíveis de se calcular.

Não, você não está entendendo direito, porque não estou incluindo Rafael quando escrevo "meus irmãos".

Por volta das três horas da manhã de anteontem, os médicos acordaram meu pai e perguntaram se ele gostaria de acompanhar a operação, fariam o parto induzido. Por alguma razão, minha mãe, mesmo desacordada, estava reagindo bem. Suas chances de sobrevivência tinham aumentado, embora o parto tenha se tornado imprescindível.

Ainda que impedido de ver a cesária, meu coração se comportou mal no peito, acelerando contra minha vontade, me obrigando a roer todas as unhas e a respirar fundo para controlar o nervosismo.

Essa é uma coisa a qual estou acostumado a fazer desde quando era pequeno, preencher minha mente com boas lembranças em momentos em que estou prestes a surtar. Nem sempre funciona. Às vezes, meu lado desesperado acaba vencendo e eu afundo. Às vezes, dá certo e respiro melhor. Foi como aconteceu. Enchi minha cabeça com as memórias dos últimos dias com meu irmão. E até mais do que ele. Charllotte, Frank, toda a família e até mesmo Lilian. Nas últimas semanas, eles me fizeram tão bem, mais do que você sequer imagina.

Passaram-se muitas horas sem que eu pudesse ver meu pai ou ter notícia de como a cirurgia tinha ocorrido, de forma que só mesmo quando a manhã começou a despertar, um médico idoso coberto com um jaleco alvo me convidou à sala onde meus pais se encontravam.

Nunca achei que pudesse sentir tanta falta dos dois, mesmo estando distante só por algumas horas.

— Deu tudo certo? — perguntei, entrando no cômodo particular, observando minha mãe, presa à cama por poucos fios e agulhas, forrada até a cintura com uma colcha azul.

Talvez você já saiba bem disso: nunca fui um cara muito dado a expor minhas emoções. Sei onde elas estão, entendo quando elas estão borbulhando aqui dentro, sou consciente de quando elas estão a ponto de explodir. Só não me sinto bem mostrando para os outros minha forma de sentir as coisas e pessoas.

Algumas vezes me arrependo por não querer demonstrar o quanto aquela pessoa merece receber, ou pelo menos saber que eu não sou um iceberg e que, sim, estou sentindo alguma coisa. Como foi quando olhei para ela pela primeira vez depois do acidente.

Há tempos eu não via seu rosto limpo das máscaras ágeis em esconder suas imperfeições. Olheiras arroxeadas na pele protegiam o perímetro de seus olhos dourados. Até o cabelo parecia perder o brilho natural. Vestida no roupão de hospital, ela virou os olhos para mim e curvou os lábios secos em um sorriso cansado.

Meu pai surgiu do meu lado, apoiando a mão pesada sobre meu ombro. Parecia menos cansado do que ela, é claro. Mas ainda assim, bastante abatido.

— Descobrimos logo depois de sua viagem, Lucas. Queríamos fazer uma surpresa, mas o destino quis diferente — explicou ele, com um sorriso.

Voltei os olhos para minha mãe e ela parecia incapaz de falar, tamanho cansaço. Ainda assim, ergueu as sobrancelhas com esforço, liberando meu pai para dar a notícia.

— Eles nasceram prematuros — ele falou, sorrindo e emocionado. — Os dois garotos vão ficar na incubadora por um tempo, mas estão bem, filho.

— Gêmeos... — a palavra escapou da minha boca. O mundo parecendo avançar em câmera lenta. — Eles são gêmeos.

Abaixei a cabeça e sorri, lembrando do meu irmão e encontrando a alegria que até aquele momento eu nunca havia sentido ao receber a notícia da chegada de um bebê na família.

— Precisamos de notícias do Rafael, filho. Tente ligar para ele e v...

— Eu amo vocês — falei, pela primeira vez na vida.

Interrompido, meu pai grudou os olhos em mim, em silêncio, sem graça, franzindo a testa, deixando um sorriso escapar no canto da boca. Minha mãe conseguiu mostrar ainda mais os dentes com um pouco mais de esforço.

Toquei o braço dela fazendo uma espécie de carinho, feliz com a transformação impressionantemente rápida que ocorria em meu interior. Nunca me senti tão leve em toda a minha vida. Sou capaz de pular a janela e sair voando.

Não cheguei a experimentar, claro. Mas, sim, saí da sala antes de qualquer um deles dizer mais alguma coisa ou me puxar para um abraço familiar.

Pedi um táxi para a clínica onde Rafael estava internado e passei a viagem inteira pensando em possíveis nomes para os dois novos integrantes da família Montemezzo. E torcendo para as coisas darem certo do outro lado também.

A chuva caía forte a ponto de os para-brisas não darem conta de melhorar a visibilidade, forçando o motorista a dirigir mais devagar. Trânsito e buzinas nos perseguiram até a chegada de volta à Lagoa.

Me identifiquei na Casa de Olhos e descobri onde Dona Ana aguardava. Uma sala de espera muito mais luxuosa do que aquela onde virei a noite. Essa tinha a decoração requintada, máquina de café, um televisor gigante e poltronas reclináveis.

— Dona Ana, Dona Ana — sussurrei, tocando de leve no ombro dela. — Desculpe te acordar, mas é que acabei de chegar e...

— Meu filho! Como foi no hospital? Ninguém deu notícias! Sua mãe está bem? E o bebê? — questionou ela, despertando de imediato e secando a baba do queixo.

— Tá tudo bem — tranquilizei-a, ainda sob o efeito magnífico da notícia dos bebês. — Minha mãe está se recuperando e conseguiram fazer a cesária. São gêmeos. Dois meninos. Eles estão na incubadora, mas vão ficar bem.

Ela cobriu a boca com as mãos e os olhos se encheram de água. Me puxou para um abraço demorado, molhando os braços em meu suéter respingado de chuva, dando aleluias e parabéns.

— E o Rafael? Alguma notícia?

Antes que ela pudesse responder, doutor Caio Abelardo deu três batidinhas na porta da sala, mesmo já estando do lado de dentro.

— Ah, graças a Deus. Estou a ponto de cair morta aqui de tanta agonia — falou ela, caminhando em direção ao médico com passos rápidos.

Não gostei da forma com que o jovem doutor esticou os lábios finos projetando um sorriso falso. Entendo bem disso. Seus olhos pareciam opacos e cansados. As mãos pareciam segurar a prancheta com força demais.

— Olá, Lucas. Como está Dona Marília? — perguntou ele, franzindo a testa em preocupação.

— Ela vai ficar bem e conseguiu ter os bebês. São gêmeos.

— Uau — exprimiu o médico depois de um tempo impressionado com a notícia. — Que coincidência. Meus parabéns.

— Obrigado. Como está meu irmão? — perguntei, sendo direto.

O médico se calou. Dona Ana continuou sorrindo para ele, como se fosse se recusar a ouvir qualquer notícia ruim. Caio fazia o possível para manter a firmeza no olhar, trocando entre a mãe do paciente e eu.

— Temos um problema — disse ele. — A cirurgia não funcionou.

Prendi a respiração travando os dentes. Dona Ana continuava sorrindo, como se o doutor tivesse falado em grego.

— Como vocês podem saber, se o senhor mesmo disse que ele ia ficar com as talas no olho durante um tempo? — perguntei, me esforçando para tirar o tremor da voz.

O doutor baixou os olhos em condolência, balançou a cabeça para os lados num movimento curto e tornou a me encarar.

— Temos um processo muito delicado, aqui, senhor Montemezzo. Nós... Toda a diretoria da clínica se envolveu para tentar achar uma solução. Somos referência há mais de trinta anos cuidando desse tipo de transplante, mas... houve um problema grave durante a cirurgia e o transplante foi mal-sucedido.

— O que isso quer dizer? — perguntei sussurrando, dando um passo em direção a ele, antes que dona Ana pudesse despertar. — Em quanto tempo a gente pode tentar outra vez?

Mas ele apenas tornou a balançar a cabeça e, com a clareza mais ridícula possível, informou.

— Lamentamos muito, senhores. Uma agulha utilizada no bloqueio anestésico causou uma atrofia óptica bulbar e... o nervo óptico é parte do cérebro. Não tem nenhuma capacidade de regeneração.

— Mas então a cirurgia nem foi feita?

O doutor balançou a cabeça para os lados. O rosto todo avermelhado em constrangimento. Ou ele sabia interpretar muito bem esse papel, ou seus olhos eram realmente capazes de demonstrar o pesar ao passar uma notícia daquelas.

— Não. Lamentamos muito, mas o problema impossibilitou a realização do transplante. Assumimos a culpa, mas o quadro é irreversível. Perdemos a chance. Rafael Soares nunca mais poderá voltar a enxergar. Lamentamos muito.

Fechei os olhos, juntei os lábios, quieto, tentando manter meu espírito no lugar, sem respirar. A notícia ecoando em meus ouvidos com golpes incessantes. Senti as lágrimas chegando, lotando meus olhos, desesperadas para expor meus sentimentos, rolando pelo meu rosto mesmo que eu fechasse os olhos com os dedos. Elas não paravam de cair, reconstruindo minha fábrica novamente, arrebentando minha reserva de forças, destruindo minhas certezas com um único tiro.

Lembrei de Dona Ana quando a ouvi resmungar e então me esforcei para dar o apoio necessário. Voltei-me para ela sem olhar para o rosto do doutor, segurando-a antes que ela pudesse cair em desolação.

Entre seus resmungos, eu ouvi as palavras "expectativa", "mentira", "câncer", "ele falou", "era por isso". Ardi por dentro, lembrando do quanto insisti que todos eles passassem por aquilo, de como o mesmo quadro se repetia feito uma maldição. Porque agora, por um novo erro médico, todas as possibilidades tinham dado as mãos e pulado prédio abaixo. A morte se vingando de mim como podia. Roubando meus planos e esperanças de uma única vez. Eu a odeio com todas as minhas forças.

Minhas lágrimas só duraram aquele momento. As horas se passaram e a amargura se alastrou para dentro de mim. Dona Ana nada mais falou durante um longo tempo. Apenas chorou em silêncio até não aguentar mais. Ignorei as chamadas curiosas do meu pai no celular, dispensei o almoço do hospital e, quando o início da tarde se aproximou, não tive como resistir.

Meus pés me levaram até o quarto onde Rafael se sentava, entediado. Prometi não demonstrar fraqueza, mas ao ver aqueles olhos ainda enfaixados, uma pontada de pena atravessou meu peito como uma flecha certeira.

Um dos médicos informou que ele teria alta naquele mesmo dia. Era bem possível que os vultos tivessem ido embora completamente e dado lugar à completa escuridão. A verdade me consumia como um forte rastro de culpa insistindo em permanecer.

— Lucas? — perguntou ele, enrijecendo o corpo.

— Sou eu — falei, me aproximando da cama.

— Até que enfim. Fiquei imaginando quando é que você ia aparecer! Minha mãe me contou que a tia Marília precisou ir pra maternidade. Tá tudo bem?

Dona Ana esteve ali?

Apertei o lábio inferior, atingido pela euforia em sua voz. Uma alegria que não combinava com nada ali. Nem com as notícias sobre ele, nem com a tala envolvendo seus olhos ou com o temporal caindo lá fora.

— Está tudo bem com ela — falei, sentado na cama. — O que mais a sua mãe falou?

— Ela não tem informação, por enquanto. Mas cara, eu não senti absolutamente nada durante a cirurgia. E já estou com a córnea nova, né? Bom, eu não tô vendo nada agora, mas, pela primeira vez, eu tenho certeza de que minha visão vai voltar, cara. Eu *realmente* acho!

Já estava a ponto de criticar Dona Ana por não ter contado tudo a ele, quando a dor me atingiu novamente. O medo de revelar a verdade corroeu minhas forças. Tampei a boca com a mão em forma de soco, desejando que ele não ouvisse meu respirar carregado de nervosismo.

— Lucas? Você tá aí?

— Sim — falei, engolindo a tensão, voltando a apoiar as mãos nas pernas trêmulas. — E... hum... bom, se você pudesse enxergar de volta, qual seria a primeira coisa que gostaria de ver?

Ele pensou um pouco, sorrindo.

— Você quer dizer depois da minha mãe, minha família e você?

— Pode ser — assenti.

Rafa pensou por mais um tempo.

— A chuva lá fora. É, a chuva.

— Ah, fala sério. Por quê? — perguntei, sem entender. A chuva é um saco, não tem cor e nem nada de especial. Apenas solidão e mais tristeza.

— Porque na maioria das vezes, quando eu estava perdendo a visão e parava para pensar como seria minha vida se eu não pudesse mais enxergar as coisas, a chuva tava caindo. Caindo sobre mim. E era como se estivesse me lavando dos meus medos mais profundos, do meu orgulho e dos meus pesadelos sobre a visão, sobre essas coisas da vida... entende?

Cruzei os braços com força, ouvindo sua voz continuar a sair, sem encará-lo.

— Eu sinto Deus na chuva. E eu não acho que Ele seja ingrato comigo — disse ele, falando as palavras aos poucos. — Ele me deu pais incríveis. Uma família que me ama e me apoia. E um irmão gêmeo que apareceu na minha vida quando eu mais precisava de um verdadeiro amigo. Então... eu não tenho nada na lista de reclamações.

Querido diário, eu acho que entendi a mensagem rapidamente, mesmo tendo que balançar a cabeça várias vezes para indicar a mim mesmo que só havia uma única forma de revelar aquilo da forma perfeita.

— Lucas? O que você tá fazendo?

Tirei meus sapatos dos pés, arranquei o lençol que cobria as pernas dele, puxei meu irmão pela cama e fiz questão de que ele continuasse descalço.

— Ah, meu Deus, eu estou sendo sequestrado! — brincou ele, sorrindo. — E eu estou sem meias. Cara, o que você tá...

— Confie em mim.

Foi tudo o que repeti conforme o arrastava pelo corredor às pressas, obrigando-o a correr ao meu lado, segurando sua mão com firmeza, deixando-o que confiasse cada passo apressado ao meu comando.

Enfermeiros e médicos tentaram nos impedir. Os seguranças fizeram de tudo para nos conter, mas o tal do Caio Abelardo nos encontrou no meio do corredor e, quando viu meu olhar firme em sua direção, gesticulou para que nos deixassem em paz. Apesar de todos terem nos seguido.

Não caminhamos para a saída do hospital, e sim de acordo com as placas que indicavam o jardim. E em alguns minutos, eu estava arrastando-o para a chuva. Um temporal esmurrava a terra gramada, encharcando nossas roupas, chicoteando as costas, fazendo o barulho que eu detestei a vida inteira. E agora tudo parecia ganhar um novo sentido.

Rafael parou de frente para mim, no meio do jardim, com as feições sérias. Eu falei que ele podia confiar em mim e retirar a tala. Nenhum dos médicos ou funcionários que nos assistiam debaixo da marquise conseguiu protestar. Meu irmão obedeceu e arrancou tudo com pressa, engolindo a chuva que inundava nosso rosto.

Ele finalmente abriu o olho e ergueu as sobrancelhas, na expectativa do que poderia ver. E então, começou a sorrir, no meio da chuva, sorriu como se pudesse iluminar o dia fechado, mandando embora todas as nuvens pesadas.

— Você não vai me perguntar o que eu consigo ver? — gritou ele, por conta do barulho da chuva, mesmo a três passos de distância.

Balancei a cabeça passando as mãos no rosto numa débil tentativa de enxergar.

— Eu vejo você, na minha frente, cara! E o quanto somos iguais — disse ele, sorrindo ainda mais, passando as mãos nos olhos.

— O quê? — gritei de volta, sem entender. A mancha branca ainda ocupava sua córnea. O transplante nem havia sido feito graças àqueles miseráveis antiprofissionais. — Do que você tá falando?

— Eu vejo o prédio quadrado ao nosso redor. E eu vejo a grama debaixo dos nossos pés — falou ele, olhando para baixo e para os lados, e em todas as direções. — Vejo as janelas de vidro, os postes de luz, os bancos onde os fumantes devem sentar quando vem pra cá tragar um cigarro.

Sorri, checando tudo o que ele dizia. Meu coração disparado no peito. A chuva lançando meus medos para longe, pela primeira vez na vida. Uma certeza crescendo de volta em meu peito. A esperança florescendo mais uma vez.

— Eu vejo a chuva molhando a gente e lavando você de verdade pela primeira vez! *Eu vejo o mundo!* — berrou ele em seu sorriso aberto. Gargalhando.

— Rafael — chamei ele. Incapaz de assimilar o que acontecia. Incapaz de me entregar à certeza de vivenciar mais um milagre. Quando eu falei, esqueci de gritar. E mesmo assim, ele me ouviu bem. — *Como* você vê? Houve um problema. A cirurgia não aconteceu...

Então ele se aproximou de mim e ergueu seus dois braços apoiando as mãos em cada lado da minha cabeça, tocando meus olhos com os polegares enrugados.

De olhos fechados, era como se eu fosse sugado para o mundo dele, onde as coisas tinham perdido a cor e ganhado apenas sons. Nada mais importava a não ser me desprender das minhas convicções e ser simplesmente quem eu deveria ser.

Um dia, um amigo meu me disse que quando eu aprendesse a perdoar, seria um cara livre. E eu acho que a liberdade finalmente me alcançou porque eu tenho pra mim que aprendi a não apenas perdoar os outros, mas a perdoar a mim mesmo.

A mim mesmo.

Aprendi a me libertar de mim.

— A cirurgia não pôde fazer nada por mim, mas o destino fez — disse ele, abaixando a voz para que só eu ouvisse. — Obrigado por ser meus dois olhos para enxergar o mundo a partir de agora. Minha visão voltou quando você chegou, Lucas.

E eu apenas apertei os lábios um contra o outro, balancei a cabeça de leve em confirmação, descolei suas mãos dos meus olhos e o abracei forte. Convicto de que meu irmão nunca mais iria escapar de mim.

21 de janeiro

Olha quem está aqui!
Aí, eu estava morrendo de saudades. Faz um tempo que eu sequer olho pra você. Me desculpe por isso. Vou compensar te contando um pouco do que aconteceu por esses dias.

Ainda estou no Rio, mas devo retornar para casa em breve. E adivinhe só! Rafael concordou em conhecer Portugal e passar um tempo por lá. Isso mesmo. Alguém tem dúvida de que isso vai ser legal?

Dona Ana se sentiu feliz e ao mesmo tempo triste com a decisão do filho. Mas ela tem escolhido mostrar apoio, já que a viagem pode ser importante inclusive para a carreira do Rafa.

Tenho esperança de que ele descubra um mundo mais evoluído em Portugal, com melhores condições e acessibilidade. Não que aqui não seja bom. Apenas sinto falta de ver meu irmão em um ambiente que o estimule a tomar decisões para a vida profissional. Torço para que ele tenha mais oportunidades em Portugal e que passe mais do que dois meses, como o pretendido.

Ah, Charllotte se sentiu péssima ao receber as últimas notícias. Ela tem me evitado bastante depois do nosso beijo. Foi de doer o coração o dia em que chegamos em casa e ela compreendeu, depois de muito esforço, que a cirurgia não tinha sido bem-sucedida.

Rafael abraçou-a muito forte durante um longo momento. E os dois choraram juntos em silêncio. Todos saímos da sala e no outro dia, ele me contou que ela o beijou. Ele disse ter gostado e falou que já tinha tido vontade disso antes, mas que realmente a via como uma irmã.

Gosto dela mais do que antes. E, sim, eu teria ficado com a gótica mais uma vez, se ela não fosse tão apaixonada pelo meu irmão.

Falando em irmão, fizemos o exame de DNA e já temos o resultado mais óbvio do século. Somos univitelinos e, putz, obrigado universo, porque a gente poderia nunca ter se encontrado na vida. A gente realmente poderia nunca ter se conhecido! Isso é muito bizarro.

Mais bizarro ainda é pensar no meu novo número de irmãos.

Os bebês ainda não puderam sair do hospital, mas eles já não precisam dos aparelhos para respirar. Precisam ganhar um pouco mais de peso. E, caramba, parece que eles já conseguem reconhecer minha mãe. Pelo menos eu acho. Pela forma como se agitam quando ela se aproxima e sorri. É bem comovente.

Ela tem sorrido muito e chorado litros. Recebe flores e visitas o tempo todo. Inclusive de nossa família no Rio. Meus avós, tias, primos... Cara, foi tão engraçado quando todos descobriram sobre o Rafael! E, vou te falar, dá até um ciúme de leve porque o meu irmão conquista as pessoas em questão de segundos. E, sim, eu tenho certeza de que não é por causa da deficiência dele. É só que ele é um cara muito legal.

Quem não foi legal com ele de novo foi a Lilian. *Bro*, ela nunca mais apareceu. Tudo bem, indo e voltando para ver as crianças e meus pais, fica um pouco difícil estar em casa ou ir até o Galinho Frito. Mesmo assim, ela não mandou um recado sequer para saber sobre a cirurgia do Rafael ou algo parecido. Será que posso chamá-la de babaca covarde em segredo?

Ah, uma coisa que você não vai acreditar. Meus pais deixaram que eu e Rafael escolhêssemos os nomes dos bebês! Nunca pensei que eu pudesse dar nome para alguém tão cedo. Foi uma tarefa difícil para mim. Precisei passar horas tentando achar um nome que combinasse bem com Antônio, o escolhido pelo meu irmão. Antônio foi o nome do pai dele. Ainda pensei em colocar Luís, mas achei que pudéssemos nos arrepender no futuro. No final das contas, a dupla se chamou Pedro e Antônio. Porque eu gosto do nome "Pedro" e por causa do Pedro. Meu... ex-amigo? Sim, aprendi algumas coisas sobre o perdão.

No passado, pra mim, perdoar era conseguir a dádiva de apagar da memória e do coração aquilo que uma pessoa fez com você. Hoje compreendo de forma diferente. O perdão não é sobre isso. Ninguém apagará minha memória. Perdoar é se lembrar muito bem daquilo que provocou suas cicatrizes, mas é também ter o coração livre ao saber que nada daquilo tem efeito algum sobre você.

Bom, eu não virei o mestre do perdão. Estou em obras. Por exemplo, ainda não sei como desejar alguma coisa boa para a equipe do doutor Caio. Porque eles esgotaram todas as possibilidades de cura do meu irmão. E, putz, não tem indenização que pague isso. Meu irmão não poderá enxergar nunca mais. Caramba. Nunca mais. Você tem noção do quanto isso é cruel?

O processo já está rolando graças ao advogado da minha família. Acredito que vamos receber um dinheiro máster de bom. E, tudo bem, isso não paga a droga de um erro médico, mas pode ajudar nas condições de vida da família do Rafa. Todos estão muito chocados com a nossa história. Inclusive os jornalistas desgraçados que não estão nem um pouco interessados em apresentar condolências reais ao meu irmão. Eles querem continuar expondo o que para eles é notícia, e eu preciso ativar meu novo modo zen quando um deles entra em contato até mesmo no hospital onde os bebês estão internados.

Acho que só resta uma última coisa para contar. Algo que você quer saber mais do que qualquer outra coisa desde o início da minha história por aqui.

Você gostaria de saber quem me enviou a mensagem mostrando o canal de vídeos do Rafael naquela madrugada esquisita e pesada, onde eu estava prestes a dar adeus à vida e a todas as coisas boas que me esperavam.

Você é um amigo curioso, silencioso e que torce pela vida. Porque se eu não estivesse vivo, você não teria alguém para acompanhá-lo. E eu preciso te dizer, mesmo você já sabendo: eu descobri que a vida é preciosa demais para ser descartada. Tudo depende da forma como a gente encara nossos desafios, dificuldades e perdas. Mesmo sendo capaz de enxergar ou não.

No dia em que voltei da consulta com a psiquiatra que me encaminhou para a doutora Paloma, ouvi meu pai tentando consolar minha mãe na cozinha. Ela se sentia desolada e culpada por saber o que eu tenho, mas meu pai dizia que ela não podia banalizar aquela palavra, que embora fosse mais comum entre as pessoas do que se pode imaginar, eu tinha uma doença psiquiátrica. Foi assim que fiquei sabendo sobre minha depressão diagnosticada, mesmo nunca tendo conversado nada com meus pais a respeito, até hoje.

Passei dias assustado lendo tudo sobre depressão na internet. Depois me senti feliz porque, quem sabe assim poderia chamar a atenção deles quando desejasse. Também me senti muito mal, achando que eu pudesse ser bipolar como uma das minhas tias. Hoje, me sinto pronto para me reencontrar com a doutora Paloma e perguntar a ela por qual motivo estou ali. Quero falar mais sobre tudo o que sinto desde que ouvi aquela conversa porque, no final das contas, estou entendendo o quanto isso é bom para mim, me derramar para alguém, como quando faço com você. Se tenho depressão, quero que me digam de verdade e que me ensinem o possível sobre lidar com a doença. Se meu irmão consegue conviver com a cegueira, poderei enfrentar esse problema também.

Sinto muito, mas nunca irei te contar quem foi a pessoa da mensagem. Não seja curioso demais! A vida não precisa de tantos segredos, eu sei. Mas o que seria de nós se não pudéssemos proteger as virtudes que nos deixam vivos?

Apesar de ser um amigo compreensível o suficiente, você nunca me entenderia nesse ponto. Então... arrisque um chute. Tente adivinhar. É o máximo que você vai poder fazer.

Enquanto isso, vou continuar olhando para as minhas cicatrizes e sorrir por dentro ao saber que elas me ensinam sobre mim. E que tudo o que eu fiz comigo mesmo não tem mais um efeito negativo aqui no peito. As coisas vão ficar melhores.

Obrigado, doutora Paloma, pelo incrível presente... o diário, é claro.

Para o leitor

Querido leitor,

Esse que vos fala sou eu mesmo, e não o Lucas. Aqui é o Volp.

Escrevi este livro há 7 anos. Confesso que a ideia de editar uma nova versão sempre me apavorou. Tenho medo de olhar para trás e me assustar com o meu antigo reflexo, medo das mudanças. Todavia, medos podem ser vencidos. Eu venci os meus.

Todos nós temos um pouco do Lucas e um pouco do Rafael dentro de nós. Mágoas passadas, sorrisos, ressentimentos, expectativa, dores, cicatrizes e esperança. Eu tenho muita esperança. No ser humano e nos sentimentos bons.

Escrevi essa história para falar sobre mudanças porque aprendi que só é possível crescer se você estiver disposto a mudar.

Mudar os conceitos, trajetos, a forma de perceber o outro, se perceber e aceitar quem você realmente é (mesmo que lá na frente você tenha medo de olhar para trás e ver o quanto você mudou, faz parte).

Espero que você tenha notado que esse simples e curto diário é sobre como as portas para novas estações sempre estarão abertas para aqueles que estão dispostos a atravessá-las.

A gente só precisa fazer um pequeno esforço.

O universo se encarrega do restante.

Talvez seja isso o que eu mais queira todos os dias.
Crescer e mudar.
Crescer.
E mudar.

Até o próximo livro!

Agradecimentos

Nunca vi a chuva passou por muitas mãos e olhos antes de chegar a esta versão. O sucesso deste livro depende também de cada pessoa que acreditou nesta história desde o princípio.

Jéssica Milato, obrigado pela primeira chance. Nunca vou esquecer da enorme porta que você abriu para mim. Marcus e Johnatan, obrigado pelo talento empregado nas capas anteriores. Carol, agradeço por cada traço da capa atual. Prisciane, obrigado por ter sido a amiga a quem recorri no passado para entender um pouco mais sobre optometria.

Aos meus leitores, vocês são o combustível que sempre me traz de volta. Amo vocês. Um agradecimento especial à Rafaella Machado, que topou trazer meus YAs para uma casa tão fascinante e acolhedora (obrigado a toda a equipe). Um superobrigado aos meus agentes (Lúcia, Mari e André) por protegerem minhas histórias como se fossem suas. Por último, mas não menos importante, a toda a minha família. Vocês sempre acreditaram nos meus sonhos, e eu não sou de sonhar pouco.

A saúde mental, nossa e das pessoas à nossa volta, é algo extremamente importante e que precisa ser cuidada com o extremo de atenção. Se você, ou alguém que conheça, se sente da mesma maneira que o Lucas no início desta história, procure por ajuda. Ligue para o 188, o Centro de Valorização da Vida. Fale com familiares, amigos, colegas e saiba que nunca estamos realmente sozinhos.

Centro de Valorização da Vida – www.cvv.org.br/ligue-188/

Helpline – helpline.org.br/helpline

Mapa Saúde Mental – mapasaudemental.com.br/

Este livro foi composto na tipografia
URW DIN Regular, em corpo 10,5/16, e impresso
em papel off-white no Sistema Cameron da
Divisão Gráfica da Distribuidora Record.